Queen of the Sea

퀸 오브 더 시

퀸 오브 더 시

펴낸날 초판 1쇄 2021년 6월 10일
지은이 딜런 메코니스 | **옮긴이** 전하림 | **펴낸이** 신형건
펴낸곳 (주)푸른책들 · **임프린트** 에프 | **등록** 제321-2008-00155호
주소 서울특별시 서초구 양재천로7길 16 푸르니빌딩 (우)06754
전화 02-581-0334~5 | **팩스** 02-582-0648
이메일 prooni@prooni.com | **홈페이지** www.prooni.com
인스타그램 @proonibook | **블로그** blog.naver.com/proonibook
ISBN 978-89-6170-822-7 03840

🅕 Fall in book. Fan of literature. 에프는 종이책의 새로운 가치를 생각하는 푸른책들의 임프린트입니다.
에프 블로그 blog.naver.com/f_books

Queen of the Sea

퀸 오브 더 시

딜런 메코니스 지음 | 전하림 옮김

여왕은…

자기 백성을
저버리지 않는다.

백성들은 여기 없습니다, 폐하.

여기서 왕궁까지는 무려 닷새나 걸리는 거리입니다.

폐하의 자매께선 해가 지기 전에 성문을 넘어올 것입니다.

그건 아직 모르는 일이야.

그때를
대비해 살아서…

나라를 다스릴
준비가 되어
있으셔야 합니다.

제발요, 폐하.

엘리노어
폐하.

탕!
탕!
탕!

내가 떠나기 위해선 자네가 필요해.

왕궁에서 살아남아 캐서린의 호의와 신용을 얻어 내게.

아무 보호 수단 없이 폐하를 홀로 보낼 수는 없습니다.

걱정 말게.

오래 걸리지 않을 테니.

아, 그리고 프랜시스…

예?

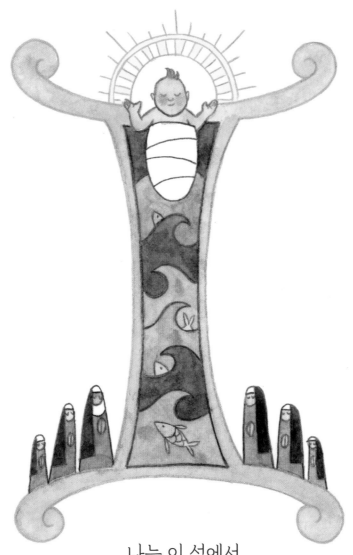

나는 이 섬에서
태어나지 않았다.

알비몬의 여왕에게 그 뒤로 어떤 일이 일어났는지
궁금한 마음에 이 글을 읽기 시작했다면, 이 점을
가장 먼저 기억해 두는 것이 좋다.

내 말을 믿어라.

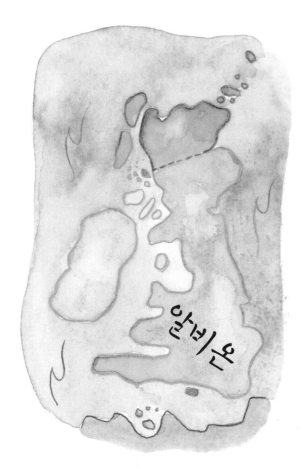

그런데 재미있는 것은,

나도 내가 어디에서 태어났는지 모른다는 사실이다.

어쩌면 내가 태어난 곳은, 이곳에서 멀지 않은 훨씬, 훨씬 더 큰 알비온이라는 섬일지도 모른다.

알비온은 내가 사는 작은 섬이 속해 있는 왕국의 이름이기도 하다.

알비온 왕국에는 갖가지 모양과 크기의 섬들이 있다.

실은 알비온 왕국 자체가 여러 섬으로 이루어진 나라이다. 내가 태어난 곳이 어디인지는 몰라도 아마 그 섬들 가운데 하나일 것이다!

난 내가 태어난 날짜도 정확히 모른다. 거의 열두 해 전이었다는 것밖에는.

대신 여기에서는 성 엘리시아 축일을 내 생일로 지낸다. 레지나 마리스호를 타고 내가 이 섬에 도착한 날이 바로 그날이기 때문이다.

내게는 그날의 기억이 전혀 남아 있지 않다. 그도 그럴 것이, 난 그때 갓 태어난 아기였다.

하지만 난 그날 일어난 일을 전부 속속들이 알고 있다. 어떻게?

그건 내가 이 섬에서 여섯 번째 성 엘리시아 축일을 맞은 그날,

이 섬에 사는 주민을 빠짐없이 찾아가 물어보기로 결심했기 때문이다.

여섯 살짜리 꼬마가 어떻게 그런 방대한 일을 해낼 수 있느냐고?

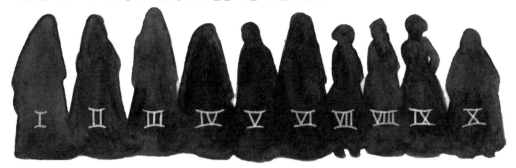

실은 하나도 힘들지 않았다. 섬 주민 전체라고 해 봐야 나를 제외하고 열 명밖에 되지 않기 때문이다.

게다가 이 섬에 들어오는 배는 레지나 마리스호가 유일하고, 일 년에 두 번밖에 오지 않기 때문에…

아참, 내 이름은 마거릿이다.

'어느 영지의 마거릿 아가씨', '마거릿 수녀님', '마거릿 누구누구 양' 같은 수식어가 하나도 붙지 않는, 그냥 마거릿이다.

마거릿은 진주라는 뜻이므로, 어떻게 보면 나에게 딱 어울리는 이름이라 할 수 있다. 진주는 깊숙한 바다 속 조개 안에 숨겨져 있는데, 바로 우리 섬도 알비온 본섬에서 멀리 떨어진 실버해(海)의 외딴곳에 숨겨져 있으니 말이다. 어찌나 멀고 깊숙이 박혀 있는지, 우리 섬에는 공식 이름도 없다. 우리 섬이 아예 표시되지 않은 지도들도 있을 정도이다.

이런 곳에 왜 사람이 사느냐고? 그 이유는 딱 하나, 섬에 수녀원이 있기 때문이다. 수녀원은 여자들이 세속의 방해를 떠나 독실한 신앙생활을 영위하며 공동생활을 하는 곳이다.

죽을 때까지 수녀원에서 살기로 서약한 여자는 수녀가 되며 서로를 자매라고 부른다. 수녀가 된 여자들은 평생 결혼을 하거나 자식을 가질 수 없다.

수녀로 사는 것은 결코 쉬운 일이 아니다. 그럼에도 수녀가 될 만한 이유는 얼마든지 있다. 주위 사람들을 돕고 싶은 사람이라면 특히 더 그렇다. 수녀회 종류에 따라 돕는 대상도 다 다르다.

일부 수녀회의 종류 (그러나 이외에도 많음!)

클라리트회
아픈 사람을
돌본다.

완더링시스터즈회
지친 여행자들에게
쉼터를 제공한다.

라멘타인회
죄수들을 위해
기도한다.

엘리시아회
우리 수녀회!

우리 섬에 있는 수녀원은 엘리시아 수녀회 소속이다.

엘리시아회 수녀들은 바다 근방에 살며 엘리시아
성녀의 뜻을 기려 뱃사람들과 그 가족을 위해
기도하고 돌보는 것을 소명으로 삼는다.

우리가 사는 실버해 부근은 폭풍이 잦고 해류가
험하기로 악명이 높다.

그런 이곳에 우리 수녀원이 세워진 이유는,
이 부근을 지나는 배의 안전을 위해 기도하고
난파된 배에서 섬으로 떠밀려온 사람을 보살피기
위해서이다.

매우 중요한 임무이지만, 요즘은 사실 우리 임무를
수행할 기회가 별로 없다. 이 부근을 지나는 배가
별로 많지 않기 때문이다.

엘리시아
성녀

예전에는 알비온이 적국인 갈리아에 전쟁을 선포할 때마다…

혹은 갈리아가 알비온에 전쟁을 선포할 때마다…

혹은 어느 쪽에서든 무슨 이유로든 전쟁이 시작될 때마다…

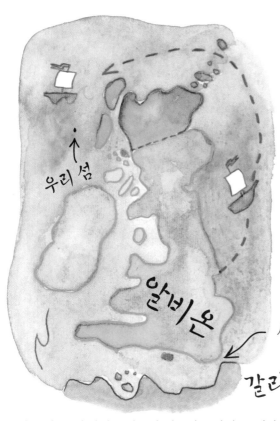

우리 섬

알비온

실큰 슬리브 해협

갈리아

배를 타고 알비온과 갈리아 사이의 좁은 해협인 실큰 슬리브 해협을 지나는 일은 매우 위험천만한 일이 되곤 했다.

그래서 사람들은 멀고 먼 길을 돌아 항해했는데, 그 항로에 우리 섬이 있던 것이다.

어느 날, 우리 알비온 왕국의 에드먼드 왕이 그 길었던 전쟁을 영원히 종식시켰다. 갈리아는 완전히 초토화되어 결국 휴전을 선포했다. 따라서 더는 아무도 우리 섬을 지나는 멀고 위험한 항로를 이용할 필요가 없게 되었다.

요즘 우리 섬 수녀님들이 안전을 위해 기도하는 선원은 레지나 마리스호를 타는 선원들이 전부다. 또, 한동안 수녀님들의 보살핌을 찾아 섬으로 들어온 사람은… 내가 유일했다.

그날 과연 무슨 일이 있었던 걸까?

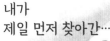 내가
제일 먼저 찾아간…

 엘리시아회

아그네스 수녀님은 원장 수녀님으로 우리 수녀원의 우두머리이시다. 외부 서신을 보내거나 중요한 결정을 내리신다.

그날은 비가 왔단다.

그래서 내가 널 수녀복으로 폭 감싸 주었어.

시빌 수녀님은 사서로서 수녀원의 모든 기록 작성 및 일정 관리를 맡으신다.

 그날은 금요일이었어!

이디스 수녀님은 간호 수녀님으로 약을 조제하시거나 양호실에서 병들고 부상당한 사람을 간호하신다.

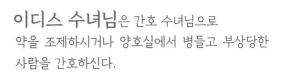 그날 너에겐 열이 약간 났어.

수녀님들

바바라 수녀님은 성물 관리를 담당하신다. 양초 및 향을 비축하고 예배당의 청소 및 장식을 책임지신다.

그날 우리는 너를 위해 특별 기도를 드렸단다.

가엾은 어린 양이여!

어휴!

생긴 건 딱 어린 양인데….

위니프리드 수녀님은 식료품 담당으로 텃밭에서 나는 음식 및 창고에 있는 식량을 관리하신다.

새끼 돼지처럼 어찌나 꾀꾀 소리를 지르던지!

꼬꼬.

그리고 **필리파 수녀님**은 안마당 우리에 있는 가축을 돌보신다.

다음으로 찾아간… 하인들

모드 아주머니는
수녀원 식모로 부엌에서 일어나는
일은 모두 아주머니 소관이다.

아주머니 남편은
원래 배의 선장이었는데,
언젠가 엘리시아 수녀님들
덕분에 목숨을 구했다고 한다.

모드 아주머니는 남편이
돌아가신 뒤로 딸들을 데리고
이 섬에 들어와 살기
시작했다.

> 내가 너에게
> 달달한 우유죽을
> 먹였단다.

> 어찌나 조그맣던지
> 아직 젖을 뗄 시기도
> 안 되어 보였지만.

> 나는 문에다가
> 쇠로 만든 편자를
> 걸어 두었어.

> 요정들이 너를 훔쳐가고
> 못된 도깨비를
> 갖다 놓지 않도록.

> 너는 울음을 그치려
> 하지 않았어.

> 우리 침대
> 가운데 누이니까
> 그제야 그치고
> 잠이 들었지.

베스 언니는 모드 아주머니의 큰딸이다.
주로 부엌에서 요리를 돕는다.

테스 언니는
모드 아주머니의
작은딸이다. 주로 청소 일을 돕는다.

마지막으로 내가 질문하러 간 사람은…

앰브로즈 신부님.

수녀님들은 매우 성스러운 분들이다. 그러나 일부 중요한 일들은 반드시 신부님이 맡아 해 주셔야 하는데 신부는 남자밖에 될 수가 없다.

다른 일반 수녀원 같으면 신부님이 가끔 한 번씩 방문하여 그런 일들을 처리해 주고 다른 수녀원으로 이동하지만, 우리 수녀원은 너무 멀리 떨어져 있어서 그럴 수가 없다. 대신 우리 수녀원에는 앰브로즈 신부님이 늘 가만히 머물러 계신다.

앰브로즈 신부님은 가만히 머물러 계시는 걸 정말 잘하신다.

드르르르르르르르르렁

신부님한테서는 알아낼 수 있는 게 별로 없을 거야, 마거릿.

기억을 거의 잃으셨거든.

어디다 잃어 버리셨대요?

네가 찾으러 갈 수 있는 곳은 아니란다, 얘야.

그 밖에 나머지 섬 주민에게서 알아낼 수 있는 것은 별로 없었다.

25

왜냐하면 나머지 주민은 전부⋯ # 동물들

휴는 다른 동물들이 길을 잃거나 위험에 빠지지 않게 지켜 주는 개다. 부엌 바닥을 말끔하게 닦는 일에도 수준급이다.

서배스천. 그 멀끔한 외모에 속으면 안 된다. 쥐를 잡을 때면 얼마나 잔인하게 돌변하는지 모른다.

월터는 섬 안에서 무거운 짐을 운반하는 일을 돕는 말이다. 월터는 사과를 특히 좋아한다!

숫염소의 이름은
헨리,
세 암염소들의
이름은 각각
**레티스, 로지,
에델.**

암탉들은 꽤 여러 마리 있는데 이름은 붙여 주지 않았다.

우리는 달걀을 잘 낳지 못하는 암탉들을 주로 잡아먹는데, '마르셀라'나 '엘리자베스' 같은 이름이 붙은 닭을 화로에 넣고 굽는 건 너무 잔인한 것 같았기 때문이다.

수탉은 한 번에 한 마리씩만 기르는데 그 이름은 늘 **파드레이**이다.
(그 이유는 나도 모른다.)

꼬끼오-
-꼬꼬-
꼬끼오-꼬꼬-꼬끼오 꼬꼬-

양초의 원료가 되는 밀랍과 꿀을 만드는 벌들은 그 수가 너무 많아 셀 수가 없다. 그래서 나는 벌들을 전부 통틀어 **베아트리체**라고 부른다.

별로 안 웃기거든.

하루는 테스 언니가 동물들과 소통할 수 있는 방법을 가르쳐 주었다.

전설에 따르면…

동짓날 자정에는 동물들도 말을 할 수 있대!

그렇지만 동짓날이 되려면 아직도 한참 멀었고, 한밤중에 잠자리를 빠져나가는 건 말처럼 쉬운 일이 아니었다.

그렇게 내 탐문 여정은 끝이 났다.

그래서 뭘 알아냈니, 마거릿?

제가 엄청 조그맸다는 거랑 그날이 금요일이고 비가 왔다는 거요.

또 우유죽을 먹었다는 거랑,

울다가 잠이 들었다는 거요.

하루 만에 알아낸 거 치고는 나쁘지 않구나.

네.

알고 싶던 궁금증은 다 풀렸니?

아그네스 수녀님…

저는 왜 이 섬에 온 건가요?

그건 말해 줄 수 없단다.

하지만 난 네가 이곳에 오게 되어서 너무나도 기쁘구나.

28

테스 언니와 베스 언니에게는 엄마가 있어요. 돌아가셨지만 아빠도 있었고요.

그건 누구에게나 마찬가지지.

제 엄마랑 아빠는 절 잊으신 걸까요?

아니, 마거릿.

그분들이 너를 여기 보내 우리와 함께 살게 하신 건, 네가 여기에서 사는 게 가장 안전하기 때문이야.

너를 잊으셨기 때문이 아니란다.

제가 착한 아이가 아니라서 절 버리신 걸까요?

넌 버려지지 않았어, 마거릿.

네가 열심히 기도하고 공부도 잘 하고 그래서 언젠가 훌륭한 엘리시아 수녀가 된다면, 네 부모님은 어디에 계시든 널 매우 자랑스럽게 여기실 거야.

또 모르지, 열심히 노력하면 장차 네가 이 수녀원을 이끄는 원장 수녀가 될지도.

그러면 수녀님은 어떡해요?

난 기쁜 마음으로 널 축하해 줘야지.

마거릿.

바깥세상은 매우 위험하고 험악한 곳이란다.

네 부모님을 위해 기도를 드리렴. 그분들은 너 같은 축복을 누리지 못하시니까.

나는 내가 이 섬에서 사는 게 참 다행이라고 생각했다.

어차피 얼굴도 이름도 모르는 엄마 아빠를 그리워하는 데는 한계가 있는 법이니까.

그래도 난 여전히 부모님이 있는 아이들이 부러웠다. 이 섬에서만 나는 그런 아이들을 매일 두 명이나 마주쳤다.

살아 있는 진짜 아이들은 아니었지만 말이다.

이 조각상은…

애도하는 성모

우리 섬과 섬의 모든 주민,
실버해의 모든 선원들, 알비온 왕국과
이웃나라 갈리아, 또 대륙 전체와
그 너머 전 세계를 두루 보호하시는
분이다. 필요한 이들에게는 늘 자비를
베푸시며 조금도 지치지 않고
이 모든 일을 주관하신다.
성모의 품에 안긴
이 아이는,

비통한 성자

이 두 사람은 나무로 만들어졌으며
예배당에 산다.

'비통한' 이
무슨 뜻인가요,
바바라 수녀님?

슬프다는
뜻이란다.

겉으로 봐선
별로 안 슬퍼
보여요.

훗날 어른이 되어
슬퍼지실 거야. 사람들이
얼마만큼이나 사악해질 수
있는지 알게 되시면.

나는 저 아이가 자라서 슬퍼지기 전에
조금은 놀고 싶지 않을까 하고 생각했다.

그러나 그 애랑 같이 노는 건
별로 재미가 없었다.

섬에 있는 또 다른 '아이'는 회의장에서 볼 수 있었다.
그곳은 중요한 회의나 특별 발표가 있을 때 모두가 모이는 큰 방인데,
한쪽 벽에 그 아이의 그림이 걸려 있었다.

그 그림은 알비온 왕국의 통치자인

에드먼드 왕과

그의 딸 엘리노어 공주의
초상화였다

처음에 난 그림 속 아이의 머리색이
빨간 것을 보고 나를 그린 그림인줄
알았다.

(비록 내 나무 공에 비해
그 아이가 손에 든 공이 훨씬 더
화려하고 좋아 보였지만.)

후에 나는 그 아이가 손에 든 것이 가지고 노는 공이 아니라 '보주(寶珠)'라고 부르는 매우 진귀한
물건임을 알게 되었다. 전 세계를 상징하며 그것을 손에 쥐고 있다는 것은 세상의 일부를 통치함을
의미한다는 것이다. (물론 하느님이 허락하시는 한에서)

그걸 알게 된 뒤로 나는 그 쓸모없는 공이 별로 부럽지 않았다. 그렇지만 그 아이에게는 자신을
무릎에 앉혀 주는 아빠가 있었다. 그 아빠는 그 아이를 엄청 사랑하며 자랑스럽게 여기는 것 같았다.

이따금씩 나는 왕과 공주 그림을 보러 가서 저 무릎에 내가 앉아
있다면 어떨까 하는 상상에 잠겼다. 그리고 아빠가 들려주는
이야기들, 온갖 악이 판을 치는 세상에 선하고 어진 통치자가
나타나 더 좋은 곳으로 만드는 이야기들을 머릿속으로 그려 보았다.

아니면, 예배당의 성모상을 찾아가 상상에 잠길 때도 있었다.
나도 한때는 나무로 만들어져 저 무릎에 앉아 있었는데, 성모께서
한 명의 아이라도 커서 슬픈 일을 겪지 않게 하려고 내게 생명을 불어넣어
이 섬으로 보내 수녀님들과 함께 살게 했다는 상상이었다.

그때 나는 이 섬에 사는 사람들에게는 슬플 일이 하나도 없다고 생각했다.
다만, 내가 이 섬에 와서 사는 바람에 엄마 아빠와 떨어져야 했으니까,
그 대가로 하느님께 다른 소원 하나쯤은 빌어도 되지 않을까 하고 생각했다.

내가 정말 간절히 원했던
그 한 가지는…

나는 그렇게 해서 윌리엄을
만나게 되었다.

내가 이 섬에 살았던 처음 6년간은

섬에 들어온 다른 사람이 단 한 명도 없었다. (음, 닭들은 사람으로 칠 수 없으니까)

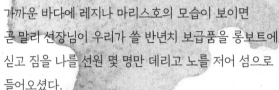

가까운 바다에 레지나 마리스호의 모습이 보이면
곧 말리 선장님이 우리가 쓸 반년치 보급품을 롱보트에
싣고 짐을 나를 선원 몇 명만 데리고 노를 저어 섬으로
들어오셨다.

그리고 아그네스 수녀님과 식사를 하며
알비온의 새 소식을 전해 주거나 받아온
편지와 소포 같은 물건들을 건네준 뒤 육지로
가지고 나갈 물건들을 받아 가셨다.

선원들은 모두 해가 지기 전에 큰 배로
돌아갔다.

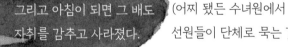

그리고 아침이 되면 그 배도
자취를 감추고 사라졌다.

(어찌 됐든 수녀원에서
선원들이 단체로 묵는 것은
별로 바람직하지 못한
일이니까)

그렇기 때문에 다음번 레지나
마리스호가 바다에 모습을 드러냈을
때, 나는 이번엔 뭔가 다르다는
사실을 곧바로 알아챘다.

일례로,

선원들은 저런 고급 망토를 걸치지 않는다.

36

저기 누구예요?
선원 같아 보이지
않아요.

글쎄,
기다려 보면
알겠지.

남자아이다!

여자 어른이랑.

이제까지 내가 본 남자아이는 레지나 마리스에서 일하는 사환 소년이 유일했다.

그것도 작은 망원경 너머 본 것이 전부로,

적어도 10세는 족히 되어 보이는 큰 오빠였다.

오시는 길이 너무 힘들지 않으셨기를 바랍니다, 부인.

힘들었어요. 엄청…

피곤하시겠군요.

손님용 숙소에 지낼 방을 준비해 두었습니다.

전 절대 제 아들과 떨어지지 않을 거예요!

그런 일은 없을 겁니다.

어서요, 짐은 저희가 옮겨다 드리겠습니다.

내 이름은 윌리엄 맥코믹이다! 캐머런 영주님의 넷째 아들이지!

니 이름은 뭔데?

그는 특이한 말투를 썼다.

아, 나는 마거릿이야.

그게 다야?

하인들은 가끔 매기라고 부르기도 해.

그럼 하인이야?

아니.

니 그렇담 수우녀야?

뭐라고?

수우녀. 독실하신 자매님. 너 어째 머리가 좀 둔한 거 아냐?

아, 아니. 나는 아직 너무 어려서 수녀가 될 수 없어. 그리고 나 머리 안 둔하거든!

그렇담 내가 특별히 너랑 같이 놀아 준다. 나한테 유리구슬이 있거든. 보나마나 내가 이기겠지만, 니는 그걸 영광스럽게 생각해야 할 거다.

캐머런의 맥코믹 님한테 지는 것은 지극한 영광이니까!

그럼 니 체리핏 놀이는 할 줄 알아?

테스 언니랑 가끔 하는데.

윌리엄!

엄마 옆으로 오렴, 아가.

쟤는 언제까지 여기에 있으려나?

우리 만남의 시작은 별로 좋지 않았다.

그래도 어쨌든 우리는 함께 체리핏 놀이를 했다.

니가 이긴 건가!

마거릿 님에게 지는 건 지극한 영광인 줄 알아.

우리는 공부도 함께하게 되었다.

니가 또 이겼네.

내 엄지손톱이 더 평평해서 그래, 별거 아니야.

그러다 보니 윌리엄이 예전부터 늘 이 섬에서 함께 살았던 것처럼 느껴졌다.

이겼다! 드디어 이겼어!

어쩌다 간신히 이겼지.

그리고 함께 있으면 즐거웠다.

그렇지만 윌리엄의 어머니인 캐머런 부인은 3년이 지나도록 이곳 생활에 잘 적응하지 못했다. 어떤 날은 아예 침대 밖으로 나오지 않는 날도 있었다. 수녀님들이 수를 놓고 계신 것을 보아도 거의 거들어 주는 일이 없었다. 우리 섬에서 직접 생산하지 못하는 식재료는 수를 놓아 번 돈으로 사 와야 하는데 말이다. 나는 캐머런 부인이 매우 이기적이라고 생각했다.

나는 수녀님들도 전부 나처럼 부모 없이 이 섬에서 자란 줄로만 알았다. 아니면 엘리시아 성녀를 따르기로 결심하여 결혼을 하는 대신에 수녀가 된 줄로 알았다. 그런데 위니프리드 수녀님께 돌아가신 남편분이 있었다니! 그런데 위니프리드 수녀님은 수녀가 되어 마음의 평화를 얻으셨다. 그렇다면 캐머런 부인도 수녀가 되어 마음의 평화를 얻으면 안 되는 걸까?

그러지 못하는 이유가 어쩌면 윌리엄 아버지의 죽음과 관련이 있을지도 모르겠다고 나는 생각했다.

왕.

어떤 왕?

그거야 당연히 알비온 왕이지, 에드먼드 왕 말이야.

그렇지만 그는 우리나라 왕이잖아.

늘 그랬던 건 아니야, 앞으로 늘 그럴 거라는 법도 없고. 어쨌든 에코시아의 왕은 아니야!

우리 엄마가 그러는데, 숙부들하고 형들은 전투가 끝난 뒤 옛 에코시아 북쪽에 있는 반란군 영토로 피신했대.

거기서 군사를 충분히 모으고 나면 바로 아빠의 원수도 갚고 우리 영지도 되찾을 거래.

그러면 나도 가족들과 재회하고 우리 엄마는 다시 캐머런성에서 살게 될 거야.

그리고 다시 행복해지는 거지.

나는 헷갈렸다. 왜냐하면 에드먼드 왕은 훌륭한 왕이고, 훌륭한 왕은 다른 백성의 집을 빼앗지 않는다고
생각했기 때문이다. 그리고 나는 윌리엄이 이곳에서 즐겁게 지내고 있다고 생각했다. 이 섬에서
더 바랄 게 뭐가 있다는 거지? 우리는 둘이서 섬의 구석구석도 탐험했다.

부엌 텃밭

위니프리드 수녀님은 이곳에서
순무, 근대, 설탕 당근, 양파,
마늘, 빨간 무 등을 기르신다.
그중 내가 가장 좋아하는 것은
빨간 무이다. 내가 제일 싫어하는
건 순무이다. 그 둘 중에 수녀님이
무엇을 훨씬 더 많이 기르시는지
알아맞혀 보라.

과수원

우리는 여기서 나오는
사과와 배로 잼과 과즙을
만든다.

환상 열석

채석장 연못

수백 년 전 수녀원 건물을 지을 당시 바로
이곳 채석장에서 돌을 캐다 썼다고 한다. 돌이
빠져나간 자리에 빗물이 고여 지금은 연못이
되었다! 수영하기에 딱 좋은 곳이다.

묘지

폭풍우를 만나거나 난파선에서 섬으로
떠밀려와 죽은 선원들이 묻힌 곳이다.
난 유령의 존재를 믿지 않는다.

고분

귀성 절벽

층층다리

해변

 알비온 방향

물개 바위

염소 언덕

우리 염소들은 새끼들을 이곳 자갈밭에
데려와 뛰노는 것을 좋아한다. 염소 똥을 밟지
않도록 주의할 것!!!

이 섬 안에는 몇 군데 특별히 더 흥미롭고 특이한 곳들이 있다.
예를 들어, 섬의 동쪽 끝에 있는…

귀성 절벽

섬이니까 사방에 절벽이 있는 건 당연하지만, 이 절벽은 유난히 더 높고 더 가파르다. 이 부근엔
바람이 어찌나 세게 부는지 식물도 거의 자라지 못한다. 이 절벽은 알비온 본섬을 향하고 있는데,
사실 여기서 보이는 것이라곤 바다, 바다, 바다 온통 바다뿐이다.

서풍이 부는 날이면 나는 윌리엄과 이곳에 가서 나뭇잎이나 깃털 날리기 시합을
했다. 누구의 것이 더 멀리, 더 빨리 날아가는지 겨루는 시합이었다.

윌리엄! 어머니가 찾으셔.

그런데 너, 절벽 끝에 너무 가까이 가는 거 어머니가 안 좋아하시는 거 알지?

내일 보자.

예배당 북쪽에는 **'고분'**이라고 부르는 이상하게 생긴 언덕이 하나 있다.

저건 뭐예요?

고대 원주민들이 죽은 사람들을 묻은 곳이야. 그 사람들은 아주 오래오래 전에 이 섬에 살았어.

지금은 어디 갔는데요?

내가 어떻게 아니? 언젠가 그냥 사라져 버렸어.

윌리엄! 어서 거기서 나오렴.

이곳 공기는 건강에 좋지 않아.

고대 원주민들이 섬에 남기고 간 것은 고분뿐만이 아니었다. 섬의 정중앙에는 거대한 선돌이 둥글게 줄지어 놓인 곳이 있었다. 이곳의 이름은

환상 열석

우리 섬에서 절벽 아래 바닷가로 내려갈 수 있는 방법은 딱 한
가지이다. (그러니까, 뛰어내리지 않고 가는 방법은)

층층다리는 절벽 꼭대기에서 바닷가로 이어지는
비좁은 계단이다.

시빌 수녀님이 알려 주신 바에 따르면, 아마도 고대에
물줄기가 절벽을 따라 흐르다가 점점 홈이 깊게 패여
층층다리가 생겼을 거라고 하셨다.

물줄기가 서서히 말라붙은 뒤에
고대인들이 그 돌바닥을 섬과 해변을
오고가는 통행로로 삼은 것이다.

그러다 수백 년이 지나 이곳에 수녀원을 짓던
석공들은 해변에서 물건을 더욱 쉽게
옮길 수 있도록 바닥의 돌을 깎아 진짜 계단으로
만들었다. 그렇게 만들어진 계단은 지금도 상당히
가파르지만, 무거운 짐만 들고 오르내리지 않는다면
그리 나쁘지 않다.

(안타까운 건 우리가 해변에서 주워서 말린 다음 연료로 쓰는
유목이 엄청 무겁다는 거다!)

그동안 얼마나 많은 사람들이 이 계단을 오르락내리락 했는지,
지금은 계단 한가운데가 전부 닳고 닳아 우묵하게 패였다.
언젠가는 이 층층다리 전체가 다시 강바닥처럼 평평해질지도 모른다!

층층다리를 지날 때는 파도 소리가 엄청 신기하게 들린다.
아주 멀리서 나는 소리처럼 아득한 동시에 귀가 먹먹할 정도로 아주 크게
들리기 때문이다. 마치 필리파 수녀님의 벌집에서 나는 소리 같다.

가끔 층층다리를 내려가다가 정면으로
바람을 맞으면 숨이 바람에 완전히
빨려 들어갈 것 같은 느낌이 든다.

그래도 일단 **바닷가**에 내려가면 오길 잘했다는 생각이 절로 든다.
썰물 때 갯벌 풍경은 이렇다.

밀물 때의 풍경은 이렇다. 겨울에는 파도가 어찌나 높고 무섭게 치는지
썰물 때가 되어도 땅이 거의 보이지 않는다.

반대로 여름철에 썰물이 빠져나가면 물이 어찌나 깊게 빠지는지 부두의 반 이상이 땅 위로 드러난다.
그리고 해안가 주위에 사는 생물들은 몇 시간 동안이나 물 없이 버텨야 한다.

수녀원에는 부두에서 띄울 수 있는 작은
고기잡이배가 하나 있다. 코러클이라고 부르는
이 배는 나무와 짚을 엮어서 만든 일종의
바구니 배이다.

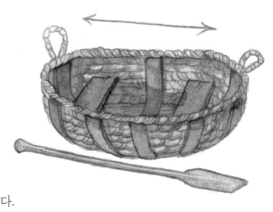

이걸 타고 멀리 항해를 나가는 일은
불가능하지만, 가장 맛있는 물고기가 사는
만에서 이리저리 다니기에는 딱 적당하다.

낚시를 하는 것은 금세 지루해진다.
일단 그물이나 낚시 줄을 물에 던지고 나면 별로
할 게 없기 때문이다.

바닷물은 보통 너무 차가워서 헤엄치기에 좋지 않다.
그렇다고 우리가 바다에서 헤엄친 적이 한 번도 없는 건 아니지만!

필리파 수녀님이 우리에게 미리 수영을 가르쳐
주신 게 얼마나 다행이었는지 모른다.

나 여기 아래
있어.

난 단지…
모자를 잡아 주고
싶어서.

오늘 있었던 일은
우리 엄마한테
말하지 마.

그러나 그 일은 결국 알려지고 말았다. 수녀는 거짓말을 하면 안 되기 때문에 필리파 수녀님이
말씀하신 것이다. 캐머런 부인은 아그네스 수녀님에게 앞으로 절대 윌리엄이 코러클을 타고
나갈 수 없게 해 달라고 단단히 일렀다. 그리고 나와 윌리엄은 한동안 서로 만나지 못하게 되었다.

꼬박 한 달
동안이나요?

너무 부당해요!
그건 단순한
사고였다고요!

53

캐머런 부인께서는 윌리엄이 너로 인해 자칫 위험한 일에 휘말리지 않을까 매우 걱정하고 계셔.

하지만 제가 모자를 잡아 달라고 한 것도 아닌데요!

아마도 그래서 더욱 걱정이 되시는 거겠지.

윌리엄은 그분의 아들이란다, 마거릿. 윌리엄에게 무엇이 최선인지는 그분이 결정하시는 거야.

엄마라고 해서 무조건 다 옳은 건 아니잖아요!

미안하지만 그렇단다, 마거릿.

캐머런 부인의 임무는 윌리엄을 행복하게 해 주는 게 아니야.

윌리엄이 가족과 민족에게 필요한 어른으로 무사히 자라날 수 있게 돌봐 주는 거지.

그리고 앞으로 에코시아 사람들에게는 그런 인물이 반드시 필요할 것 같구나.

낚시는 다시금 몹시 지루한
일이 되었다.

그나마 다행스러운 일은, 필리파 수녀님이 농장일로 바빠지셔서 대신 테스 언니가 나를 데리고
나갔다는 점이다. 우리는 차가운 물을 찾아 이동하는 물고기를 쫓아갔다. 그리고 나는 그곳 바위
주민들을 가까이에서 몰래 훔쳐볼 수 있었다.

물개 바위

그 근방에 사는 물개들은 다들 그곳에 모여 일광욕도 하고 새끼 물개와 낮잠도 자고 물고기를 잡는
중간중간 수다도 떨곤 했다.

셀키가
뭐예요?

셀키는 신비로운 물개
아가씨란다.

평소에는 물개 가죽을 입고
바다 밑에서 자기 종족과 함께 살거든.

그런데 물개들 중에서
좋은 남편감을 찾지 못하면
물개 가죽을 벗어 버리고
인간 어부와 사랑에 빠진대.

그 어부와 결혼해서 자식도 낳고,
남편이 물개 가죽을 몰래 잘 숨겨
놓는 한 몇 년이고 그렇게 행복하게
사는 거지.

하지만 언젠간,

바다가 셀키를
다시 집으로
부르는 거야.

길고 긴 한 달이 지나 윌리엄은 드디어 캐머런 부인에게서 나랑 다시 밖에 나가 놀아도 된다는
허락을 받았다. 나는 윌리엄에게 하얀 물개와 셀키의 전설에 대해 이야기해 주었다.

난 그냥 평범한
셀키가 아니야.

나는 모든 셀키들의
여왕이자

바다 전체를
다스리는 여왕이야.

따라서 난
내 백성들이 사는 바다 속
왕국으로 돌아가야 해.

사랑하는 낭군님과 아이들도
나를 계속 뭍에 붙들어 둘 수는 없어.
비록 내 심장은 쪼개져
두 동강이 나겠지만.

진정한 나로
돌아가기 위해서는
희생을 감수해야지.

뭐야, 네 왕국은
포기한 거야?

오늘은 왕국이
너무 추워서
말이지.

쓸쓸하기도
하고.

우리는 모두 예배당에 모여
폭풍이 지나가기만을 기다렸다.
다들 한 마음이 되어 기도하는 사이
바람이 무서운 소리를 냈다.

쨍그랑!

앗!

기왓장이
지붕에서 떨어진
것뿐이에요!

마거릿, 엘리시아 성녀가 어떻게
하느님의 부름을 받게 되었는지
우리에게 들려주지 않겠니?

최근에 시빌
수녀님한테서
배웠지?

그 이야기를
들으면 마음이
진정될 것 같구나.

예.

엘리시아는 형제자매도 없고
아직 결혼도 하지 않은
젊은 처녀였어요.

엘리시아의 아버지는 먼 항구로
값비싼 향신료를 운반하는
배의 선장님이었고요.

아버지는 한번 항해를
떠나면 몇 달씩 집에
돌아오지 않았어요.

바다는 위험한 곳이었기에
엘리시아는 따라가지 않고
집에 머물렀어요.

그런데 어느 날, 아버지의 배가
해적왕 롤프에게 함락되었다는 소식이 들렸어요.

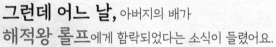

아버지는 물에 빠져 돌아가셨고요.

홀로 남은 엘리시아는 당장
먹고 살 일이 막막했어요.

다행히도 엘리시아는 쉽게
포기하는 성격이 아니었어요.

자신이 직접 아버지의 가업을
이어 가기로 마음먹었지요.

일부 선원들은 그런 그녀가
미쳤다고 수군거렸어요!

엘리시아는 그런 소문에 신경 쓰지 않았어요.
그리고 다섯 번이나 순조롭게 항해를
마쳤어요. 그런데 여섯 번째 항해 길에, 그만
배가 함락되고 말았어요.

바로 **해적왕 롤프**에게요.

이 사람이 롤프

일반 해적

다른
일반 해적

그렇지만 아무리 해적이라도 엘리시아는 두려워하지 않았어요.

오히려 굳은 믿음으로 쉬지 않고 기도했지요. 머지않아 해적선에 탄 선원들
모두가 그녀에게 감화되어 해적질을 그만두기로 결심했어요.

해적왕 롤프는 이 사실을 알고
노발대발했어요.

그는 엘리시아가 마녀라고,
그래서 선원들에게
신비한 주술을 걸었다고 믿었어요.

그는 두려운 마음이 들었지만, 한편으로는
마녀를 곁에 두고 다니면 해적질을 하는 데
여러모로 쓸모가 있겠다고 생각했어요.

그래서 엘리시아에게 말했어요.

나랑 결혼해!
아니면 각오해야 할 거야!

그러나 엘리시아는 말했어요.

큰 용기가 필요한 결단이었지만, 늘 기도를
가까이하던 엘리시아는 그렇게 하는 것만이 옳은
행동임을 알고 있었어요.

그러자 롤프는 엘리시아를 배 밖으로 던져 버렸어요.

엘리시아는 바닷속으로 끝없이
가라앉았어요. (수영하는 법을
몰랐거든요)

결국 이렇게 죽게 되는구나,
속으로 생각했지요.

그렇지만 두렵지는 않았어요.

옳은 일을 함으로써 맞게 되는
죽음이 그렇게 나쁘지만은 않다는
생각이 들었거든요.

엘리시아는 자신이 천국에
갈 거라는 사실을 알았어요.

그래서 바다 밑바닥으로 가라앉는
중에도 쉼 없이 기도를 드렸지요.

물고기들이 그녀의 기도를
들었어요!

그리고
놀라운 일이
벌어졌어요.

바다에 있는 물고기들이 몰려들어 엘리시아를 물 위로 끌고 올라갔어요.
그리고 자신들의 등을 밟고 서라고 말했어요.
그렇게 물고기들은 엘리시아를 집이 있는 알비온으로 데려다주었어요.

기적이
일어난 거예요!

놀라운 기적을 경험한 엘리시아는 깊은 감명을
받아 집에 돌아오자마자 수녀가 되어 경건한
삶을 살기로 결심했어요.

아버지의 배를 팔아서 만든 돈은
바다에서 희생된 선원들의
과부와 딸들에게 전부 나누어 주었지요.

그들 중 다수는 자신들도 수녀가 되기를
희망했어요. 그래서 엘리시아는
그들을 데리고 새로운
수녀회를 세웠어요!

엘리시아회 수녀들은
바닷가나 섬에 있는 수녀원에
살아요. 바로 우리처럼요.

그리고 엘리시아 성녀는 바다에서 목숨을
걸고 일하는 모든 이와 그들을 사랑하는
사람들을 위한 수호성인이 되었어요.

끝

(수녀들)

(또 수녀들)

(실제로 이렇게
작은 건 아님)

고맙구나, 마거릿.

폭풍은 이제 지나간 것 같아.

예.

그런 것 같아요.

다음 날 아침, 날이 밝자 우리는 밖으로 나가 폭풍으로 인한 피해가 얼마나 되는지 점검에 나섰다. 평상시 수녀님들은 거의 하루 종일 말없이 지내야 한다. 그런데 이날만은 모두가 보수 작업에 대한 의견을 자유롭게 나눌 수 있도록 아그네스 수녀님이 그 규율을 해제하셨다. 예배당 지붕의 기왓장이 많이 떨어졌고, 사과나무 두 그루가 피해를 입었다. 부엌에서는 굴뚝 꼭대기의 통풍관이 날아가 버렸고, 닭장은 한쪽으로 무너져 내렸다.

우리는 바닷가에 내려가 부두를 점검하는 게 좋겠어요.

마거릿, 폭풍에 유목이 많이 떠밀려 왔을 테니 너도 같이 내려가 주워 오너라.

부두가 훼손되면 레지나 마리스호에서 띄우는 롱보트가 섬에 상륙할 수 없다.

기다려!

너희 어머니가 바닷가에는 위험해서 못 가게 하실 줄 알았는데!

오늘은 별로 걱정이 안 되시나 봐.

저길 봐, 꼭 사다리같이 생겼는걸.

저걸 타고 돌벽을 넘어가 보자!

어차피 저 너머에는 아무것도 없는데 어째서?

가 보지도 않고 어떻게 알아?

수녀님들이
허락하실까?

우리가
없어졌는지
눈치도
못 채실 거야!

어서 올라와
봐! 하나도 안
힘들어!

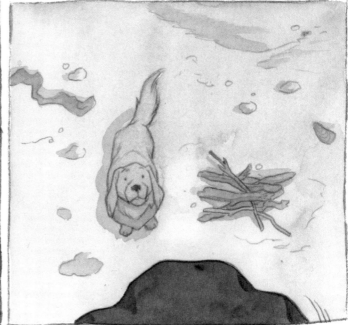

이건 죄를 짓는 행동일까? 한 번도 이 벽을 넘어가선 안 된다는 말을 들은 적은 없었다. 한 번도 저쪽 너머를 보아서는 안 된다는 말을 들은 적은 없었다.

그렇지만 왠지 비밀스럽고 위험한 일이라는 느낌이 들었다.

한편으로는 윌리엄이 혼자 동굴에 들어갔다 다치면 그건 내 잘못이 될 테고, 그랬다가는 캐머런 부인이 또 화가 나서 우리 둘이 함께 놀지 못하게 할지도 몰랐다.

따개비다! 밀물 때는 물이 여기까지 들어오나 봐.

그땐 동굴 안에 들어오는 게 아예 불가능하겠는걸.

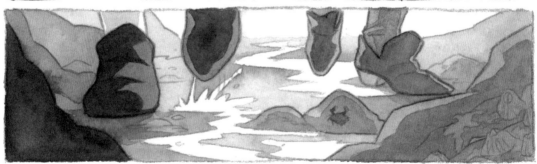

동굴 안이 얼마나 깊은지 궁금하다.

끝없이 이어질지도 몰라!

저쪽에 해가 들어와!

여긴 진짜
방 같아!

족히 3미터는
되겠어!

벽에 그림이
그려져 있어.

고대인들이
그린 건가 봐!

고분이랑 환상 열석을
만든 사람들이.

…이제 그만
돌아가자. 여긴
너무 추워.

윌리엄.

왜?

우리 이 일은
아무한테도
말하지 말자.

왠지 모르지만 난 이 동굴이 계속 비밀 장소로
남아 있어야 할 것 같다는 생각이 들었다.

우리의 비밀이 아닌, 고대 옛사람들에게 속하는
비밀. 그들이 전부 사라졌다고 해서 비밀도
사라져야 하는 건 아닌 것 같았다.

누구한테
뭘 말해?

오늘 우리가
이 좋은 유목들을
주워 왔다는 거?

부두의 상태는 어때요,
이디스 수녀님?

기도와 수리가 필요하겠지만
봄에 배가 들어오기 전에는
마무리할 수 있을 것 같구나.

다음번 봄에 들어올 배로 인해 섬에 무슨
일이 생기게 될지 이때 미리 알았더라면,

우리는 아마 부두가 통째로 떠내려가
버렸기를 바랐을 지도 모른다.

폭풍은 섬 안의 많은 것들을 바꾸어 놓았다. 수녀님들은 평소 일과를 뒤로 미루고 보수 작업을 하셔야 했다. 시빌 수녀님은 바바라 수녀님의 예배당 지붕 수리를 도와주러 가시면서 그동안 우리에게 자율 학습을 하라고 하셨다.

아버지의… 뜻이… 부디… 요… 옹…

용서.

왜 이 문자들은 헷갈리게 계속 자리를 바꿔가면서 다른 말을 만들어 내는 거지? 아, 앞으로 평생 동안 책을 읽지 않아도 되면 얼마나 좋을까.

걱정 마. 내가 대신 읽어 주면 되니까.

그러나 폭풍으로 인한 가장 커다란 변화는 캐머런 부인에게서 일어났다.

어쩌면 내가 도와줄 수 있을 것 같구나.

그때부터 캐머런 부인은, 시빌 수녀님이 다시 수업을 시작하신 후에도, 매일같이 윌리엄 곁에 앉아 글 읽기 연습에 동참하셨다.

그리고 내게는 매일같이 엘리시아 성녀의 전설을 다시 들려 달라고 하셨다. 예배당에 마련된 엘리시아 성단을 찾아가기 시작하신 것도 이때였다.

요-옹-ㅅ

용서.

성녀님의 이야기를 듣고 나서 때로는 고통도 축복이 될 수 있다는 사실을 깨달았어.

내 자신이 그 고통을 받아들일 준비만 되어있다면.

폭풍 재건 작업으로 수녀님들의 자수 일정에 차질이 생기자 캐머런 부인은 도움을 먼저 자청하시기도 했다.

이 작품들은 도저히 일정에 맞출 수 없을 것 같은데.

네가 좀 도와줘야겠다, 마거릿.

전 어떻게 하는지 몰라요. 시빌 수녀님께서 시간이 안 되셔서 아직 못 가르쳐 주셨거든요.

그럼 나한테 배우렴. 나중에 수녀가 되고 싶다면 어차피 배워야 하잖니.

자수는 얼핏 보기에는 쉬워 보였다. 수틀에 헝겊을 단단히 고정시킨 다음 실을 바늘에 끼워 헝겊에 꿰매면서 무늬나 형상을 만들면 되니까 말이다. 그런데 막상 해 보니 말처럼 쉬운 일이 아니었다! 우선, 필요한 준비물부터 많았다.

바탕천

보통은 바바라 수녀님이 베틀로 뽑는 네모난 모양의 아마포를 쓴다. 고급 자수를 놓을 때는 레지나 마리스호로 들어오는 비단을 써야 한다.

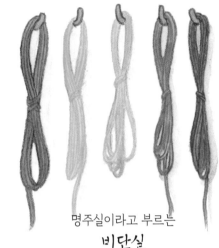

명주실이라고 부르는
비단실

염료는 실 색깔을 바꾸고 싶을 때 쓴다.

금사나 은사를 만들려면 아주 가늘고 길게 뽑은 진짜 금과 은이 있어야 한다.

그것을 실 주위에 감고, 감고, 또 감아서 둘러싸는 것이다.

자수의 필수품인 **수바늘**은 여러 가지 재료로 만들 수 있다.

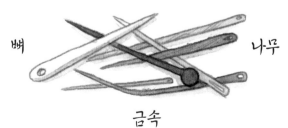

뼈

나무

금속

(뾰족한 바늘로부터 손가락을 보호해 주는 **골무**)

이게 다가 아니다. 표현하려는 형상의 특성에 따라 자수 기법도 얼마나 다양한지 모른다. 단순한 선부터 여러 종류의 정교한 매듭 그리고 매끈하고 폭신한 느낌을 표현하는 기법까지.

아플리케 / 백 스티치 / 스플리트 / 새틴 / 노트 / 롱 앤드 쇼트 스티치 / 스템 / 체인 / 카우칭

그리고 장식용 구슬도 빼놓을 수 없지!

처음 자수를 배우기 시작했을 땐 수놓는 일도 캐머런 부인만큼이나 너무나 싫었다.

수녀님들이 우리한테 새 엘리시아 성녀 작품의 가장자리에 들어갈 장식을 새로 고안해 달라고 하셨어.

윌리엄, 우리가 수를 놓는 동안 너는 옆에서 책을 읽으렴.

아버지의 뜻이라면 우리의 적들을 용서하시고, 피… 핍…

핍박.

물고기예요!

마거릿! 정말 잘했구나. 윌리엄, 이거 보렴.

그거 정말 네가 만든 거야?

시간이 지나며 나는 자수뿐 아니라 캐머런 부인한테도 좋은 점이 꽤 많다는 사실을 알게 되었다.

겨울 내내 우리 셋은 이렇게 함께 지냈다. 윌리엄이 책 한 권을 처음부터 끝까지 모두 읽는 동안, 캐머런 부인과 나는 바다에 헤엄치는 온갖 물고기를 수놓았다.

정말이지 즐거운 나날이었다.

그러다 눈 깜짝할 사이에 봄이 찾아왔다.
난로를 켜는 대신 창문을 열어 놓고 수업해도
좋을 정도로 따뜻한 날씨가 이어졌다.

이 책은 어때요?

그건 그리스어 책이야.

알파벳의 종류가 다르단다.

알파벳에 또 다른 종류가 있다고요?!

레지나 마리스호가 보여요!

그런데 보세요. 배에 검은 깃발이 달려 있어요. 저건 무슨 뜻인가요?

누군가가 죽었다는 의미란다.

시빌 수녀님은 캐머런 부인에게
수업 마무리를 부탁하고 나가셨다.

배에 탄 누군가가
죽었다는 뜻인가요?

아니. 저 깃발은
중요한 사람이 죽었을
때만 쓰는 거야.

(레지나 마리스호의 선원들은
중요한 사람이 아니라는 말인가?)

어쩌면
왕일지도요!

윌리엄!
목소리가
너무 커!

그럴 리가요.
그렇게 크고 힘 있는
사람이 쉽게
죽을 리 없어요.

롱보트가 벌써 섬에
들어왔는데…
말리 선장님이에요!

누군가를 싣고 이쪽으로 오고 있어요. 선원이에요.

선원은 섬에 못 들어오는 거 아니야?

병이 나거나 다친 경우에는 들어올 수 있어.

캐머런 부인, 혹시 발한병에 대해 잘 알고 계신가요?

네. 오래전에 제 큰아이가 걸린 적이 있어요.

괜찮으시다면 부인께서 양호실에 와 주셨으면 하고 에디스 수녀님이 바라세요.

선원 한 명이 그 병에 걸렸대요.

그 병은 여름철 질병인 걸로 알고 있는데요.

알비온 본섬도 올해 봄이 유난히 더웠다나 봐요.

수도 사람들이 발한병에 걸려 많이 쓰러졌대요. 그래서 그 병이 아닐까 말리 선장님이 걱정하시는 거예요.

이디스 수녀님은 그 병을 직접 본 적이 한 번도 없다고 해요.

그 병으로 누가 죽었나요?

혹시 왕인가요?

그래서 배가 검은 깃발을 달고 온 건가요?

윌리엄….

그렇단다, 윌리엄.

에드먼드 국왕 폐하가 승하하셨어.

그뿐 아니라 나라의 중요한 대신들도 여럿 돌아가셨다고 해.

도시와 시골에 사는 수많은 무고한 백성들은 말할 것도 없고.

앗!

그나마 자비로우신 하느님께서 공주님의 목숨을 살려 주셔서 다행이지, 하마터면 내란이 터질 뻔했단다.

전쟁이 일어날 가망성은 여전히 남아 있지만.

도와주시겠어요, 캐머런 부인? 환자는 바로 선장님의 양자랍니다. 처자식과 가정이 있는 사람이에요.

…그럴게요.

나와 윌리엄은 부엌으로 보내졌다. 레지나 마리스호로 실어 온 식량을 옮기느라 바쁜 모드 아주머니와 테스, 베스 언니를 도와주기 위해서였다. 이디스 수녀님을 제외한 다른 수녀님들이 모두 에드먼드 왕의 영혼을 위한 특별 기도를 드리러 가셨기 때문에 평소보다 할 일이 훨씬 많았다.

　무릎에 앉혀 줄 아버지가 없어진 엘리노어 공주는 이제 어떻게 되는 걸까?

말리 선장님이 아그네스 수녀님과 식사를 하시는데, 음식을 가져다달라고 하시는구나.

베스! 아이들에게 송어 요리를 내 주렴!

허허, 귀여운 송충이들이 오는군! 그동안 정말 많이 컸구나.

윌리엄 군, 너희 모친은 고귀한 분이시다. 나한테는 친자식이 없어서 조카인 리처드가 딱 네 나이었을 때 아들로 입양했거든.

너희 모친은 아들이 있다는 게 어떤 의미인지 잘 알고 계실 거다.

알비온 백성들 또한 곧 실감하게 되겠지요.

쯧, 에드먼드 왕이 세 번째 결혼을 할 용기만 있었더라면!

두 번째를 말씀하시는 거지요?

고맙구나, 마거릿.

이제 공주님이 여왕이 되는 것 아닌가요?

왕자가 없다는 게 왜 문제가 되나요?

마거릿, 어른이 말을 시키기 전에 먼저 입을 여는 건 실례란다.

아니다, 아니야. 좋은 질문이구나.

마거릿 양, 그게 말이지, 여왕도 언젠가는 혼인을 하게 될 텐데…

대개는 아무 남자랑 하지는 않고 외국 왕자와 하겠지만…

그러면 알비온이 그 대공의 통치하에 놓이게 되거든.

나라의 운명이 여인의 마음에 좌우되는 위험한 상황에 처할 수 있게 되는 거지.

얘들아, 이제 잠자리에 들 시간이다. 뒷정리는 테스와 베스에게 맡기고.

말리 선장님께서도 긴 하루를 보내셨으니까. 리처드의 상태는 날이 밝으면 더욱 확실히 알 수 있겠지요.

캐머런 부인이 계속 양호실에 계셔야 한다고 하셔서 나는 윌리엄의 방에서 자기로 했다.

어서 다시 자거라, 얘들아.

선원은 아직 살아 있나요?

열은 내렸어. 내 생각엔 나을 수 있을 것 같구나.

엄마가 그 사람을 살리셨네요.

난 단지 기도하면서 그가 열에 취해 하는 말을 들어 주고 물을 떠다 주고 차가운 물수건을 얹어 주었을 뿐이란다. 네 형에게 했던 것처럼.

아침이 되자 우리는 캐머런 부인이 편히 쉬실 수 있도록 조용히 방을 빠져나와 부엌으로 갔다.

그 그림 속의 조그마한 공주님이 이제 우리나라의 여왕님이 된다니 기분이 참 이상해!

더는 조그맣다고 할 수 없지. 올해 17세시니까. 나라를 다스리기에 충분한 나이잖아?

올드 케이트는 확실히 그게 두려울 테지.

올드 케이트가 누구예요?

에드먼드 왕은 두 명의 부인에게서 자식을 두었거든.

첫 번째 부인은 조안 왕비였는데 그 사이에서 낳은 딸이 캐서린이야.

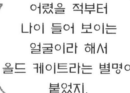

어렸을 적부터 나이 들어 보이는 얼굴이라 해서 올드 케이트라는 별명이 붙었지.

그런데 캐서린이 태어난 뒤에, 왕이 조안 왕비와의 결혼을 무효화하겠다고 선언한 거야.

자기를 만나기 전에 조안이 다른 남자와 비밀리에 혼인한 상태였다면서,

자신과의 결혼이 성립될 수 없다고 주장했지.

그렇게 되면 캐서린이 혼외자식이 되니까 공주가 될 수 없거든.

두 모녀는 수치를 당하며 궁에서 쫓겨났어.

10년 후에 조안 왕비는 세상을 떠났고.

에드먼드 왕은 그 다음에 이사벨 왕비와 결혼했는데,

바로 이사벨 왕비가 또 딸인 엘리노어 공주를 낳았어.

그런데 이사벨 왕비가 일 년 뒤에 그 동생을 낳다가 아이와 함께 세상을 떠난 거야.

그 후로 에드먼드 왕은 다시는 결혼하지 않겠다고 선언했어.

주위의 대신과 주교들이 아무리 간청해도 절대 뜻을 굽히지 않았지.

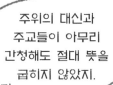

몇몇은 에드먼드 왕과 조안 왕비의 결혼이 정당하다고 생각해.

이사벨 왕비가 왕을 설득해 조안을 배신하게 했다는 거지.

이 사람들은 올드 케이트에게 진정한 여왕이 될 자격이 있으니,

군대를 모아서라도 동생 엘리노어의 왕권을 쟁취해야 한다고 생각해.

만약 내가 진정한 왕인데 다른 사람이 감히 내 왕위를 넘보면 저는 당연히 맞서 싸울 겁니다!

그리고 그 과정에서 죽는 병사들은 용감한 희생을 감수한 것이니 즉시 천국으로 가겠지요.

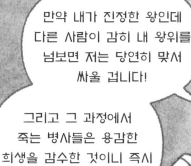

무슨 일이니, 베스?

얘들아, 양호실에 가서 이디스 수녀님을 모셔 오너라.

캐머런 부인에게 식사를 드리러 갔는데, 아무래도 몸이 많이 안 좋으신 것 같아.

조금 무리하신 것뿐일 거야, 윌리엄.

우리는 말없이 거의 뛰다시피 하여 부리나케 양호실로 갔다.

아그네스 수녀님은 우리를 양호실과 캐머런 부인이 있는 방에 얼씬도 못하게 하셨다.
그리고 필리파 수녀님과 두 분이서만 이디스 수녀님과 캐머런 부인을 간호하겠다고 하셨다.

환자를 돌보기에는 너무 어렸을지 모르지만, 그 밖에 다른 모든 일들은 충분히 도울 수 있었다.
우리는 농장에 가서 할 수 있는 모든 허드렛일을 했다. 부엌에도 가서 있는 힘껏 도왔다. 예배당 바닥
청소도 했다. 그러다 쥐의 소굴을 찾았을 때는 고양이에게 주는 대신 바깥에 놓아주었다. 주위 사람이
아플 때는 그렇게 해야 불운이 찾아오지 않는다고 테스 언니가 말해 주었기 때문이다.

윌리엄. 윌리엄, 너는 네 할아버지의 이름을 물려받았단다.

네, 어머니.

그런데 할아버지는 이제 돌아가시고 안 계셔. 왕은 우리의 영토도 모두 다 빼앗아 갔지. 네 형들과 숙부들, 너와 나를 포함해 살아남은 우리 가족은 모두 죄수가 되었단다.

기억나니, 윌리엄? 우리가 살던 집 기억해? 에코시아에 있는? 캐머런성?

네, 기억나요. 정원도 있었지요. 턱이라는 이름의 작은 강아지도 있었어요.

그렇다면 그때 우리가 누렸던 자유도 기억하겠구나.

난 이곳에 너를 데리고 오면 네가 죄수로 사는 것을 막을 수 있을 거라 생각했어.

엘리시아 성녀의 도움을 받으면 내 안의 증오와 분노도 슬픔으로 승화될지 모른다고 생각했지.

그러나 이건 자유가 아니구나. 그리고 내 심장은 아직도 너무 쓰라려.

101

그 주 일요일에는 말리 선장님을 포함해 섬 주민들 전부가 예배당에 참석해 캐머런 부인의
장례 미사를 드렸고, 부인의 영혼이 무사히 천국에 닿을 수 있도록 기도했다.

병에서 거의 회복한 이디스 수녀님과
리처드 말리도 미사에 참석했다.

캐머런 부인의 시신은 예배당의 지하 묘지에 안장되었다. 나는 그전까지 한 번도 그 안에 들어가 본 적이
없었다. 매우 비좁고 어두운 곳이었다. 그러나 무서워할 것은 전혀 없었다. 그곳에 묻힌 사람들
모두 선한 삶을 살다 간 사람들이었기 때문이다.

테스 언니조차도 유령 같은 건 없다고 했다.

캐머런 부인이 지내던 방문에는 빗장이 걸렸다. 윌리엄은 말리 선장님, 리처드와 함께 방을 쓰게 되었고,
나는 다시 테스 언니와 베스 언니 방에 가서 잤다.

수업은 다시 시작되지 않았다. 윌리엄에게는 그 누구도 심부름을 시키지 않았다.
사실 윌리엄의 얼굴도 보기가 힘들었다. 그리고 어쩌다 마주쳐도 윌리엄은 거의
입을 열지 않았다.

그래서 나는 윌리엄에게 어머니가 남긴 유언을 어떻게 생각하느냐고 물어볼 수 없었다.
원래 사람이 고열에 시달리면 이상한 말을 하게 되는 법이니까.

마침내 레지나 마리스호가
섬을 떠나는 날이 왔다.

윌리엄!
너 어디가?

배에 타려고.

롱보트를
말하는 거지?

아니, 레지나
마리스호.

그 배를 타고
알비온에 갈 거야.
도착하면 사람들이 나를
형들과 숙부들이 있는
감옥으로 데리고
갈 거야.

하이월이라는
이름의 감옥이래.
형들과 숙부들은
애초에 에코시아
땅으로 돌아간 게
아니었어.

미래에 대한
희망을 버리지 말라고
어머니가 내게
거짓말을 하신
거였어

어머니나 내가
그들과 똑같은
죄수라는 사실을 알지
못하게 하려고.

그렇지만 네가 왜 거기에 가야해?

아그네스 수녀님이 그러시는데, 어머니 없이 나 혼자는 여기서 살 수 없대.

말도 안 돼! 이곳은 네 집이야!

나는 섬에서 나가야 한다고 법으로 정해져 있대. 그게 아니라도, 난 맥코믹의 후손이자 캐머런의 영주니까 이제 섬에서 나가는 게 옳아.

여자들 사이에서 살기엔 난 이미 너무 커 버렸어.

형들과 숙부들을 만나면 내게 남자가 되는 법을 가르쳐 줄 거야. 그러면 우리 가족의 원수를 갚을 준비를 해야지.

복수하는 건 죄를 짓는 일이야. 아무리 적이라도 용서해야 하잖아.

겨울 내내 네가 우리에게 읽어 준 책 내용 기억 안 나?

알비온에 전쟁이 일어나면 난 곧 풀려날지 몰라.

그러면 내가 돌아와서 너를 구해 줄게.

나를 구해 준다고? 감옥에 가는 건 너잖아.

내가 너를 구해 줘야지!

너, 모르는구나. 이 섬이 바로 감옥이야. 여자들과 아이들을 위한 감옥.

너희 어머니하고 네가 이곳에 보내졌다고 해서 이곳이…

가서 아그네스 수녀님께 여쭤봐. 이 섬을 마음대로 떠날 수 있는 사람이 누가 있는지.

수녀님들의 경우엔, 처음에 이곳에 오게 된 이유는 각각 다양하지만, 결국은 스스로 모두 수녀의 길을 택하셨어. 캐머런 부인처럼 계속 귀족 부인으로 남을 수도 있었지만.

그래도 원한다면 섬을 떠날 수 있는 거 아닌가요? 시빌 수녀님이 알비온에 볼일이 있어 가신다고 하면요…?

말리 선장님이 수녀님을 배에 태우면 반역죄를 저지르는 것이 된단다.

그럼 수녀님은요?

나는 어차피 여기서 나갈 생각이 없기 때문에 상관없고.

…그럼 저는요? 저는 섬을 나갈 수 있나요?

그렇지만 전 고작 어린아이인 걸요! 갓난아기일 때 이곳에 왔잖아요! 제가 어떻게 죄수일 수가 있죠? 제가 무슨 나쁜 일을 했다고요?

아니, 마거릿. 너도 나갈 수 없단다.

에드먼드 왕은 왜 저를 싫어한 거예요?

마거릿, 때로는 어린아이들도 위협적인 존재가 될 수 있어. 에드먼드 왕만 해도 소년티를 거의 벗지 못한 상태로 왕위에 올랐고.

그리고 너도 봤잖니. 윌리엄이 어렸을 적부터 왕을 적으로 여기고 자란 것을.

그렇지만 전 제 친엄마 친아빠가 누군지도 모른다고요! 그분들이 반역자였던 건가요? 저도 커서 그렇게 될까 봐 이곳에 보내진 건가요?

아니. 네가 나빠서 그랬던 게 아니란다. 단지 너에겐 이곳이 최선의 장소였을 뿐이야.

제게 거짓말을 하신 거네요. 또, 다른 사람들한테도 제게 거짓말을 하게 하셨고요. 윌리엄에게도.

그런데 이제 윌리엄은 가 버렸어요. 그는 죄수고, 저 또한 죄수예요.

이곳은 감옥이고요!

마거릿…

싫어요!

그 순간 윌리엄은 또 다른 감옥으로 실려 가고 있었다. 다시는 만나지 못할 그런 곳으로. 어쩌면 창문에 쇠창살이 달리고 방문에 자물쇠가 걸리고 입구에서 감시병들이 지키는 그런 곳으로.

물론, 우리 섬에 그런 장치들은 없었다. 허나 그건 이 섬 자체가 하나의 감옥인 까닭이었다.

바다라는 벽으로 둘러싸인 감옥.

내가 사랑했던 모든 사람들, 내가
좋아했던 섬의 모든 곳, 내가
질문한 모든 물음에 대한 답…

그 모든 것이 끔찍하고 거대한
하나의 거짓말이었다.

수녀님들은 영혼의 부름을 받아 엘리시아
성녀를 따르기 위해 이곳에 오신 게
아니었다.

그물에 걸린 물고기처럼,
강제로 갇혀 있는 것에 불과했다.

나는 내 안전을 위해 이곳에
보내진 게 아니었다. 나 말고 다른
사람들의 안전을 위해 보내진
것이었다.

그리고 나를 이곳에 보낸 사람은 바로
왕이었다. 현명하고 어진 통치자이며
인자한 아버지라는 그가 어린 아기를
감옥으로 보낸 것이다.

나는 견딜 수가 없었다. 그 순간,
내가 갈 수 있는 곳은 단 한 곳뿐이었다.

섬에서 유일한, 감옥의 일부가 아닌 그곳.

아무도 존재하는지 모르는 그곳.

아주 옛날 이 섬에 살던 사람들은 원할 때면 아무 때나 작은 배를 타고 이 섬을 나갈 수 있었을 것이다.

그들은 이 섬을 직접 발견하고 보금자리로 삼았다. 아무도 그들에게 가라마라 명령할 수 없었다. 그 당시 삶의 모습이 동굴 벽 그림에 그대로 남은 것이리라.

거칠고 단순한 비밀 그리고 진실.

나도 차라리 당신들 가운데 하나가 될래요.

얼마나 지났을까, 밀물이 들어와 철썩철썩 동굴 입구를 채우는 소리가 들렸다.
물이 너무 높이 차오르면 헤엄쳐서 나가야 할 수도 있고, 물에 빠져 익사할 수도 있고,
바다에 떠내려갈 수도 있었다. 여러모로 겁이 나야 할 상황임에 틀림없었다.

아니면 표류물이 파도에 떠밀려 와 동굴 입구가
꼼짝없이 막혀 버릴지도 모르고,

어쩌면 바다 괴물이 동굴 안으로 몰래 들어와
나를 통째로 집어삼킬지도 몰랐다.

그러나 웬일인지 난 그런 것들이
하나도 무섭지 않았다.

그 순간은 내가 살면서 처음으로
자유로웠던 순간이었다.

그날 밤 동굴에서는 아무 일도 일어나지 않았다.

난 꿈조차 꾸지 않고 잤다.

아침이 되자 썰물이 빠져나갔고 나는 수녀원으로 돌아갔다. 바닷물에 홀딱 젖어
꼬질꼬질한 몰골이었지만, 아무도 내게 어디 갔다 왔느냐고 묻지 않았다.

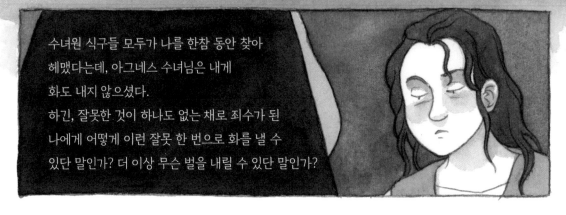

수녀원 식구들 모두가 나를 한참 동안 찾아
헤맸다는데, 아그네스 수녀님은 내게
화도 내지 않으셨다.
하긴, 잘못한 것이 하나도 없는 채로 죄수가 된
나에게 어떻게 이런 잘못 한 번으로 화를 낼 수
있단 말인가? 더 이상 무슨 벌을 내릴 수 있단 말인가?

내 방에 홀로 두고 문을
잠근다? 어차피 나는
이제 독방을 쓴다.

회초리로 내 손바닥을 때린다?
이제 그럴 나이는 한참 지났다.

윌리엄이 있는 하이월 감옥으로
보낸다? 오히려 그렇게 해 주면
좋을 것 같다.

116

결국 나는 나를 찾으러 다니신 수녀님들께
사과를 하고, 더 오래 기도를 하고,
허드렛일도 더 많이 하고, 아주 길고
지루한 책을 읽으라는 처분을 받았다.

그게 전부였다.

수녀님은 언성을 높이지도 않으셨다.
원래 수녀들은 화를 내면 안 된다.

그러나 나는 수녀도 아니었다.

하루하루가 지나며 점점 낮이
길어지고 밤이 짧아졌다.

수탉이 암탉 한 마리와 한
방에 들어가 새끼 병아리들이
태어났지만 나는 구경하러
가지도 않았다.

나는 완벽한 모양의 장미를 수놓았다.
캐머런 부인이 보셨다면
기특해하셨을 것이다.

난 그 장미를 난롯불에
던져 버렸다.

때가 되어
레지나 마리스호가 섬에
들어왔다가 나갔다. 말리 선장님은
아그네스 수녀님에게 험악한 바깥세상의
소식을 전해 주고 가셨다. 나는 선장님 얼굴도 보지 못했다.

선장님은 마치 도적처럼
조용히 왔다 조용히 사라졌다.

117

아그네스 수녀님이 그러시는데 우리에게 새 여왕님이 생겼대. 엘리노어 여왕의 대관식이 열렸다는구나.

아.

그런데 이복 언니 캐서린이 몰래 실큰슬리브 해협을 건너 대륙으로 도주했대.

도주요? 그분도 죄수였어요?

응, 어떤 의미에선. 자기 집에 살았지만 감시하는 병사들이 있었거든.

에드먼드 왕이 승하한 뒤 친구들한테 비밀 편지를 보내 엘리노어의 왕권을 찬탈하는 일을 도와달라고 모의했다는구나.

편지를 쓰는 일까지 범죄가 되는지는 몰랐네요.

나쁜 일을 행동에 옮기지 않았다고 해서 그런 계획을 세운 게 정당화될 수는 없으니까.

문득 나는 수녀님들이 각각 어떤 이유로 이 섬에 보내진 건지 궁금해졌다.
어떤 나쁜 죄를 저질렀기에(혹은 어떤 나쁜 음모를 꾸몄기에) 이곳에 보내졌는지 알아낸다면

어쩌면 내가 이곳에 보내진 이유에 대한
실마리를 찾을 수 있을지도 몰랐다.

그래서 나는 또다시 찾아가
물어보기로 했다.

수녀님

아그네스 수녀님에게는
물어보지 않았다. 어차피 내가 알고 싶은 건
하나도 알려 주지 않으실 테니까.

다행히 다른 수녀님들은
할 말이 많으셨다.

시빌 핏잘란

내 남동생이
결투 중에 왕의
사촌을 죽였단다.
나는 동생을
내 방에 몰래 숨겨
주려다가 그만.

이디스 러셀

우리 아버지는
왕의 주치의셨어. 나는 왕의
건강 상태에 대한 비밀 정보를
몰래 빼내 갈리아 첩자에게
건네주었단다.
그 첩자를
사랑했거든.

들에게

바바라 채트윈

난 조안 왕비의 궁녀였단다.

집안의 빚을 갚으려고 왕비의 서랍에서 몰래 보석들을 훔친 일로…

위니프리드 모어

에드먼드 왕이 왕위에 오르기 위해 싸웠을 때 부하들을 데리고 와서 우리 영지에서 쉬게 해 달라고 했는데,

내가 그 면전에 대고 문을 잠갔단다.

필리파 세실

내 남편은 왕의 거마 관리관이었단다. 하루는 왕이 사냥을 나갔다가 말에서 떨어졌는데 남편이 일부러 꾸민 일이라는 혐의를 받게 되었지 뭐니.

그이가 처형된 후에 나는 이곳으로 보내졌어.

난 확실히 예전에 비해 많은 것을 알게 되었다. 일부 수녀님들은 정말로 나쁜 일을 저지르고 이곳에 오셨지만, 어떤 수녀님들은 순전히 운이 나쁘셨던 것 같았다.

그런데 정작 이 중에 실질적으로 내가 쓸 만한 정보가 있는지는 잘 모르겠다.

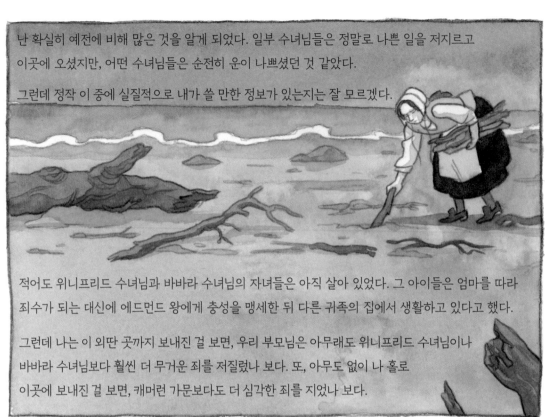

적어도 위니프리드 수녀님과 바바라 수녀님의 자녀들은 아직 살아 있었다. 그 아이들은 엄마를 따라 죄수가 되는 대신에 에드먼드 왕에게 충성을 맹세한 뒤 다른 귀족의 집에서 생활하고 있다고 했다.

그런데 나는 이 외딴 곳까지 보내진 걸 보면, 우리 부모님은 아무래도 위니프리드 수녀님이나 바바라 수녀님보다 훨씬 더 무거운 죄를 저질렀나 보다. 또, 아무도 없이 나 홀로 이곳에 보내진 걸 보면, 캐머런 가문보다도 더 심각한 죄를 지었나 보다.

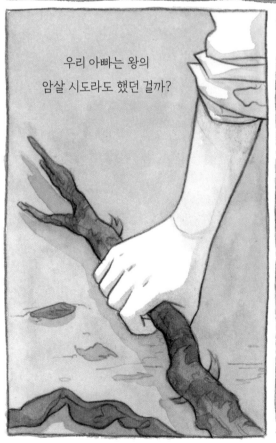

우리 아빠는 왕의 암살 시도라도 했던 걸까?

아니면 우리 엄마가 갈리아나 히스파니아의 첩자였던 걸까?

배다.

그냥 이곳을 지나쳐 알비온으로 가는 배도,
큰 바다를 향해 나가는 배도 아니었다.

우리 섬을 향해 들어오고 있는 배였다.

그런데 레지나 마리스호가
아니었다.

해적선일까?

아니면 외국의 전함?

전염병자 격리선?

이제까지 이 섬에 정체를 모르는 배가
들어온 적은 단 한 번도 없었다.

그럼에도 웬일인지 수녀원 식구들은 다들
어떻게 해야 하는지 잘 알고 있는 듯했다.

예배당에서 자야 할지도
모르니 침구를 옮겨 두자.

사방의 입구를
확실히 잠가야 해.

수녀원
기록들을 숨겨!

지하실에 가서
가축들 식량을 미리
며칠 분 가져오렴.

의약품도
대비해 둬야 해.

비상식량
준비!

가축들을 전부
예배당에 안전하게
모아야 해.

우물에서
마실 물을
길어 와야지.

앰브로즈
신부님을
깨워야 해요.

기도하라!

125

배가 만에 닻을
내리고 있어요!

나랑 예배당으로 가자, 마거릿.
우리를 해칠 의도로 왔어도 거기에
함께 있으면 안전할 거야.

아니요.

마거릿은 나와 함께
부두로 갈 겁니다.

혹시라도 문제가
생기면 모두에게 알려야
하는데 마거릿만큼 계단을
빨리 뛰어오를 수 있는
사람은 없으니까요.

물에 띄운 롱보트가 매우 천천히 다가왔다.

어쩌면 윌리엄을 다시 싣고 오는 배일지도 모른다.

그게 터무니없는 생각이란 건
사실 나도 잘 알고 있었다.

그럼에도 나는 속으로 그렇게 바랐다.

내가 말하는 순간
바로 뛰어갈
준비가 되어 있지?

네.

나는 **햅스워스 남작인 존 워슬리 경**이오.

이 자리를 빌려 적법한 왕위 계승자인 캐서린 여왕 폐하께서 알비온의 통치자가 되셨다는
기쁜 소식을 전하는 바이오. 아울러 왕위 찬탈을 노리던 엘리노어 공주는 해상에서 체포되었소.

나는 캐서린 여왕을 모시는 충실한 신하로, 여왕 폐하의 명을 받들어 이곳에 왔소.

올드 케이트가 왕위에 올랐다고!?

그 자리에 오르기까지 온갖 수많은 역경을 겪었을 테니 이 새 여왕은 아버지보다 자비로울지 모른다. 친엄마와 지위와 자유까지 모든 걸 빼앗기는 고통을 직접 겪어 보았으니 다른 사람들에게는 분명 그런 끔찍한 고통을 겪게 하고 싶지 않을 거다.

어쩌면 존 경은 이 섬에 사는 우리에게 반가운 소식을 전해 주러 왔는지 모른다.

모두 사면되어 자유요!

그렇다고 내가 이 섬을 사랑하지 않는 것은 아니었다.

다만, 내 의지에 상관없이 무조건 이곳에 살아야 한다는 사실을 알게 된 후로 이곳은 더할 나위 없이 완벽한 곳에서…

암울한 장소로 변해 버렸을 뿐이다.

그렇다고 알비온으로 가고 싶은 것도 아니었다. 그곳은 순수하고 무고한 어린아이마저 미워할 수 있는 곳인 듯했으니까.

나는 다만 다시 자유를 누리고 싶었다. 그렇게 해서 이 섬을, 내 섬을…

되찾고 싶을 뿐이었다.

우리에게 그런 중대한 소식을 전해 주셔서 감사드립니다, 존 경.

그렇지만 그 이유 하나로 여기까지 오신 건 아닐 테지요.

과연 그러합니다.

저는 폐하의 명을 받들어 여기 계신 두 여인을 이곳에 안전하게 모셔다 드리러 왔습니다.

사면이 아니었다. 자유도 아니었다. 새 여왕이 우리의 존재를 떠올린 것은…

자비를 베풀기 위해서가 아니라, 새로운 죄수를 이곳에 보내 놓고 잊어버리기 위해서였다.

알겠습니다. 그렇다면 모시고 온 분들을 배에서 내리게 해 주시겠습니까?

오늘 파도가 매우 거셉니다.

그 전에 우선 제 부하들을 시켜 수녀원 전체를 수색하려 합니다만.

저 아저씨는 대체 무엇을 걱정하는 걸까? 우리가 이곳에 숨길 만한 것이 뭐가 있다고?

하긴 그러고 보니, 아그네스 수녀님이 예전에 나 몰래 숨기신 게 많기는 했다.

배에 계속 앉아 있건 부두에 서 있건 우리가 여기서 암살당할 일은 없을 겁니다, 존 경.

비만 더 흠뻑 맞고 축축하고 불쾌한 기분이 되겠지요.

수녀님이다! 단, 엘리시아 수녀회와는 복장이 달랐다.

제가 이러는 건 전부
두 분의 안전을
위해서입니다,
메리 클레멘스 수녀님.

허튼소리하지
마십시오. 경이 신경
쓰는 건 오직 본인의
안전뿐이지 않습니까,
존 경.

자, 이쯤해서
그냥...

우웩!

…내리게
해 주십시오.

존 경도 더 이상은
반박할 수 없었다.

저, 라멘타인회
자매님 되십니까?

그렇소.
이 수녀원은
엘리시아회
소속이오?

네, 저희 수녀원은
전부터 늘 엘리시아
성녀의 보호 아래
있어 왔습니다.

아, 규율과 질서를
기대할 수 없는
그 교단 말이군요.

그게 다 선원들이나
어부들하고 어울려
지내다 보니 그렇게
된 거요.

난 처음에 존 경이 정말 별로라고
생각했다. 그런데 이 여자는 한술 더 떴다.

그런데 자매님께서 이 누추한 곳까지 어인 일로 오셨는지요?

괜찮으세요?

아니.

나에게 추기경님께서 보내신 편지가 있소. 그 편지를 읽으면 모두 알게 될 거요

일단은 이 악천후를 벗어난 뒤에 의논드리도록 하지요.

나는 추기경이 알비온에서 가장 높은 성직자라는 사실을 알고 있었다. 우리 작은 수녀원에서 가장 큰 어른이 아그네스 수녀님인 것처럼 말이다. 추기경은 알비온의 모든 교회와 수녀원과 수도원을 대표하는 수장이었다. 그리고 추기경 위에 있는 사람은 지구상에 단 두 명밖에 없었다.

한 명은 전 세계의 교회를 다스리는, 어떤 면에서는 왕과 비슷한, 교황 성하.

다른 한 명은 알비온의 국왕 혹은 여왕.

일반적으로 추기경을 만나는 일은 몹시 영광스러운 일로 여겨졌다. 그에게 친필 편지를 받는 일 또한 그에 못지않은 영광이었다.

국왕

교황

추기경

잘 알겠습니다.

마거릿, 너는 먼저 올라가서 수녀님들에게 손님을 맞을 준비를 하라고 전해 주렴.

네.

아니요.

이 아이는 제 곁에 있을 겁니다.

존 경과 부하들이 제일 먼저 아그네스 수녀님을 따라 층층다리를 올랐다.
그 뒤를 나와 그 젊은 여자가 따라 올라갔고, 라멘타인회 수녀님이
맨 뒤에서 왔다. 선원들은 올라가지 않고 바닷가에 남았다.

여기서부터는
폭이 좁아져요. 괜찮다면
제가 앞장설게요.

아니. 그냥
옆에 있어.

안 그러면
저 여자가 내 옆에
오려고 할 테니까.

나는 좀 안 됐다는 생각이 들었다.
저 메리 클레멘스 수녀님과
여기까지 배를 타고 오는 일은
여간 고역이 아니었을 것이다.

저… 뭐라고
부르면 되나요?

부르지 마.

다시 보니, 둘 다
막상막하인 것 같았다.

137

우리 모두는 응접실로 가서 몸을 녹였다. 그곳은 수녀원에서 추운 계절에도
온종일 따뜻한 난롯불이 있는 유일한 방이다.

존 경이 부하 두 명을 거느리고 수녀원 구석구석을 수색하러 나가자, 바바라 수녀님과 위니프레드
수녀님이 그 뒤를 따라가셨다. 아그네스 수녀님은 추기경의 편지를 읽었다.

나는 피곤하지 않소. 차차 알게 되겠지만, 내 사전엔 피곤하다고 임무를 게을리 하는 일이란 없소.

나는 좀 쉬고 싶소만.

손님용 숙소에 방을 준비해 두었습니다. 바바라 수녀님이 돌아오는 대로 두 분을 안내해 드리겠습니다.

지금 이 아이가 데려다주면 되잖소.

그럴 수는 없습니다.

철써덕!

방으로
데려다주게.
원장 수녀님,
수녀원의 열쇠 꾸러미를
제게 맡기시지요.

저 젊은 여자의 정체에 대해, 또 메리 클레멘스 수녀님이 앞으로
우리 수녀원에 얼마나 골치 아픈 존재가 될지에 대해,
나는 아마도 그 순간 처음으로 직감했던 것 같다.

그러나 확실히 알게 된 건 그날 밤
아그네스 수녀님이 손님용 숙소에 있는
내 방을 찾아 오셨을 때였다.

똑똑

마거릿,
잠깐 들어가도
되겠니?

저녁 기도 종을
칠 때가 거의 다
되었는데요?

네가 잠자리에
들기 전에 꼭 하고
싶은 얘기가 있어
왔단다.

오늘 네 도움이
큰 힘이 되었어.
고맙구나.

143

아.

더 일찍 말하지 못해 미안하구나.

존 경이 섬을 떠나시기 전에 메리 클레멘스 수녀님께서

몇 가지 의논하고 싶다고 하시는 바람에.

그 여자 분은 왜…

그분을 부를 때는 메리 클레멘스 수녀님이라고 하렴.

나이는 젊지만 그분 교단에서 매우 중요하고 높은 지위에 오르신 분이야.

그 수녀님은 이곳에 왜 오신 거예요?

또, 그 경비병들은요?

메리 클레멘스 수녀님은 우리 섬의 새 손님이 최선의 보살핌을 받으며 안전하게 지낼 수 있도록 감독하려고 오셨단다.

경비병들 또한 그런 이유로 온 거고. 존 경은 곧 섬을 떠나시지만, 경비병들은 여기에 남을 거란다.

일반 남자가 여기에 남는다고요? 그러면 안 되는 거잖아요! 그 아저씨들은 대체 어디서 자요? 여기서 무슨 일을 하지요?

추기경님과 우리 수녀회 수장님께서 특별 허락을 내리셨어.

경비병들은 이 복도 끝에 있는 방을 쓰게 될 거야. 메리 클레멘스 수녀님이 늘 그 둘을 감독하실 거고.

그 수녀님이 명령하면 아그네스 수녀님도 무조건 따라야 하는 건가요?

아마 그럴 때가 많겠지, 그래.

그렇지만 이 수녀원의 책임자는 수녀님이시잖아요! 아무 말도 못하시는 거예요?

당분간은 새 손님의 안위가 무엇보다 중요하단다.

여기 있는 사람 전부를 합한 것 보다요?

내가 이 이야기를
너에게 해 주는 건,
전에 내가 너무 많은 걸
너에게 비밀로 했던 게
미안해서야, 마거릿.

만약 네가 불편한
이야기는 감당하지 못하겠거든
다시 전처럼 어린아이로
대해 주마.

아녜요.

그런데 그 여자는
누구예요?

뭘 했기에
이곳에 죄수로
오게 된 건가요?

그 정도는 말씀해
주시면 안 돼요?

그분의 성함은
엘리노어야.

바로 얼마 전까지만
해도,

수녀원의 시간은 바깥세상인 육지나 바다에서 통용되는 시간과는 많이 다르다.

시간이 더 빠르게 가거나 느리게 간다는 이야기가 아니다. (간혹 어떤 사람들은 수녀원의 시간이 더 느리게 간다고 느끼지만) 다만, 우리에게는 수녀원 고유의 시간이 있다. 종교적 일과에 따른 시간이다.

예전에 말리 선장님이 '회중시계'라는 매우 신기한 물건을 보여 주신 적이 있다. 아그네스 수녀님 서재에 있는 커다란 모래시계나 바바라 수녀님이 만드시는 숫자를 새긴 양초와 다르게, 손 안에 쏙 들어가는 작은 시계였다. 물론, 환상열석과는 비교도 할 수 없을 만큼 작다.

내부에 작은
용수철이 있다.

한 번 뒤집으면 모래가
전부 떨어지기까지
30분의 시간이 걸린다.

초에 불을 붙이면
한 시간에 숫자 하나만큼
타내려간다.

그 회중시계를 처음 보았을 때
나는 이렇게 물었다.

이 숫자들은
무엇을
의미하나요?

말리 선장님은 대답하셨다.

그야, 하루의
시간을 나타내지.

그런데 그 이름은
어디 있어요?

그 전까지만 해도 나는 시간이 단순히 숫자로 불릴 수 있다는 사실을 몰랐다.

매일 저녁 닭장 문을 닫기 전에
암탉들을 몰아넣으며 하나 둘 셋 세는
것처럼 말이다!

처음으로 알게 된 것은 그뿐만이 아니었다. 각 숫자는 하루
정반대편에 있는 다른 시간과 같은 숫자를 공유한다고 했다.
하루 중 처음 오는 11시와 두 번째 오는 11시가
완전히 다른 시간이라는 것이다!

반면에 수녀원에서는 단 8개의 시간만이 쓰인다. 매 시간이
성스러우며, 각 시간마다 고유한 명칭이 지정되어 있다.

각 성시(聖時)가 시작되면 우리는 늘 하던
일을 멈추고 정해진 형식의 기도와 찬송을 드린다.

그 전에 수녀님 한 분이 종을 치시는데, 그러면 모두가
하고 있던 일을 멈추고 준비에 들어가는 것이다.

독서 기도는 자정 즈음에 온다. 한밤중에 자다가 불시에 깨움을 당하는 것처럼, 언젠가 찾아올 세상의 종말에 대비하는 시간이다. 나한테는 잠들어 있는 시간이다.
적어도 원칙적으로는 그렇다.

끝 기도는 내가 잠자리에 드는 시간이다. 어떤 성인들은 잠들어 있는 상태가 어떤 면에서는 죽은 것과 같다고(!) 생각했다. 이 시간은 죽은 이들을 추모하고 그들의 영혼을 위해 기도를 드리는 시간이다.

저녁 기도는 해질 무렵에 온다.
이때는 매우 중요한 성시로,
수녀님들뿐 아니라 앰브로즈 신부님까지
모두 예배당에 모여 기도와 찬송을 드린다.
만물을 창조한 영광의 조물주에게
감사드리는 시간이기도 하며,
즐거운 저녁 식사 시간도 이때에 속한다!

구시경은 늦은 오후 경으로
비통한 성자가 돌아가신 시간이다. 그 일이
일어난 후에도 계속 하루 일을 지속하는 건 비정하므로,
우리는 대신 몸을 씻거나 휴식을 취한다.

아침 기도 또한 매우 중요한 기도 시간이다. 대개 해 뜰 무렵에 오는 이때는 수녀원 식구 모두가 잠에서 깨어 예배당으로 향한다. 빛을 내려 주신 것을 감사하는 시간으로, 태양 빛뿐만 아니라 하느님의 빛을 찬양한다. 모드 아주머니는 빵을 굽기 위해 이보다 더 일찍 일어나는데, 그 시간을 나는 재미로 모드경이라고 부른다.

일시경은 아침을 먹기 전의 시간이다. 난 추운 계절에는 부엌에서 테스 언니와 허드렛일을 돕고 따뜻한 계절에는 필리파 수녀님의 가축 일을 돕는다.

삼시경은 오전 중에 온다. 비통한 성자의 제자들에게 기적이 일어난 때이기도 하다. 성령의 불길이 제자들의 머리 위에 내려 그들이 어떤 언어든 자유롭게 이해하고 말할 수 있게 되었다고 한다! 애석하게도 나한텐 이런 기적이 일어나지 않았으므로, 이 시간에 난 시빌 수녀님께 외국어를 배운다.

육시경은 하루 정중앙에 오는 시간이다. 이때 나는 수녀님들과 함께 수를 놓는다.

151

아침 기도나 저녁 기도 시간에는 수녀원을 일시적으로 방문한 손님들이라도 예배당에 모여 기도를 드려야 했다. 존 경이 데려온 기분 나쁜 두 경비원도 예외일 수는 없었다.
(두 사람의 이름은 헤럴드 카펜터와 피터 야로우라고 한다)

그러나 엘리노어(엘리노어 여왕 폐하인지 아가씨인지 뭐든)만은 참석하지 않았다. 메리 클레멘스 수녀님도 마찬가지였다.

대신, 두 사람은 앰브로즈 신부님이 몸소 (숨을 헐떡이며) 위층의 손님용 숙소로 찾아가서 특별히 개인 예배를 드렸다.

또, 메리 클레멘스 수녀님은 아침과 저녁에 방에서 나와 우리와 함께 식사를 했지만(수녀원 일에 이런저런 온갖 참견을 하면서)

그 음식에 독이 들은 건 아닌지 먼저 먹어 봐야겠어요.

간이 맞는지도 봐야 하고.

바깥에서 들어오는 가축 냄새 때문에 도무지 방에서 편히 쉴 수가 없군요. 가축을 다른 데로 옮겨 주세요.

나는 본토에 있는 고위 성직자들과 밀접한 관계를 유지하고 있는데, 내 보고서는 반드시 비밀리에 써야 합니다. 그러니 아그네스 수녀님의 서재를 제게 내 주셔야겠어요.

엘리노어 아가씨만은 일절 방에서 나오지 않았다. 그 방은 내가 캐머런 부인, 윌리엄과 함께 지냈던 방이자, 캐머런 부인이 임종을 맞은 방이기도 했다. 나는 메리 클레멘스 수녀님이 그 이야기를 누군가에게서 들었을지, 아니면 단순히 가장 크다는 이유로 그 방을 고른 걸지 궁금했다.

메리 클레멘스 수녀님은 밤에도 수도자용 숙사로 가지 않고 그 방에서 잤다.

아침 기도 시간에는 테스 언니가 그 방에 올라가 실내용 변기와 지난밤의 저녁 식사 그릇을 수거해 왔다.
일시경에는 미사를 드리기 위해 앰브로즈 신부님이 방문하셨다.
삼시경에는 베스 언니가 아침 식사를 배달하러 갔다.
육시경에는 내가 장미수가 담긴 세숫대야를 넣어 주고 아침 식사 그릇을 찾아왔다.
구시경에는 저녁 기도를 드리기 위해 앰브로즈 신부님이 다시 올라가셨다.
마지막으로 저녁 기도 시간에는, 베스 언니가 저녁 식사를 넣어 주고 세숫대야를 수거해 왔다.

그럴 때마다 방문은 메리 클레멘스 수녀님이 안에서 열어
주거나, (다른 수녀님들을 귀찮게 하거나 몇 달 뒤에나
보낼 수 있는 중요한 편지를 쓰느라) 수녀님이 방을 나와
있을 때는 무엇을 들고 가든 문 옆에 있는
작은 나무 걸상 위에 올려 두고 와야 했다.

경비원 가운데 한 명은 늘 문 앞에서 보초를 섰고
다른 한 명은 메리 클레멘스 수녀님을 따라다녔다.
단, 아침 기도나 저녁 기도 시간에는 두 사람도 예배당에서
열리는 예배에 참석했다.

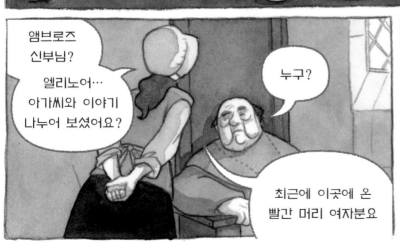

그 손님 한 번이라도 직접 본 사람 있어요?

아니! 메리 클레멘스 수녀님한테 살해당했는지도 몰라!

바보 같은 소리. 앰브로즈 신부님께서 매일 두 번씩 방문하시잖아.

나는 직접 수사에 나서기로 했다.

앰브로즈 신부님? 엘리노어… 아가씨와 이야기 나누어 보셨어요?

누구?

최근에 이곳에 온 빨간 머리 여자분요

아, 마거릿을 말하는 거니? 그 애가 지금 어딜 갔어?

다음 날 저녁 기도 시간 바로 전,
나는 살금살금 손님용 숙소 복도의
어두운 구석으로 숨어들었다.

메리 클레멘스 수녀님이나 경비병에게
들키면 고양이를 찾으러 왔다고 둘러댈
생각이었다.

피터, 자네는
나와 함께 가세.

사람을 방 안에 둔 채로
방문을 잠그다니!

비록 지난번 만났을 때
별로 좋은 인상은 못 받았지만,
누구든 이중으로 죄수 취급을
받는 건 부당한 것 같았다.

그렇지만…
왜요?

메리 클레멘스 수녀는 내 몸을 멀쩡하게 지키라는 명을 받았어. 그러니 나를 방 안에 꼼짝없이 가둬야 하는 거지.

내가 이 방에 가만히 있는 한은 어딜 다칠까 염려하지 않아도 되니까.

얼마 전에 이 방에서 발한병으로 사람이 죽었다고 해 보세요!

환자가 없으면 병균도 같이 사라지니까 상관없어.

어차피 나를 또 다른 방으로 옮기면 그만인걸. 안 그래?

계속 방 안에 갇혀 있다가 잘못될 수 있다고 걱정하게 만들면 어때요?

미쳐 가는 사람처럼 연기하면 되잖아요!

내가 제정신이든 아니든 그건 상관없어. 겉으로 멍든 데 없이 무사히 살아만 있으면 돼.

하지만 그건 말도 안 돼요!

그래야만 내가 알비온에 돌아가도…, 영영 돌아갈 수 있을지는 모르겠지만 사람들이 내 모습을 보고 지금껏 잘 보살핌받았다고, 캐서린 언니가 자애롭구나 하고 믿게 될 거거든.

오늘은 이만 가 봐야 해요.

하지만 어떻게든 방문을 열 방법을 생각해 볼게요.

퍽이나!

!

절대 이 방 근처에서 얼쩡거리는 것을 들켜선 안 된다.

고양이를 찾고 있었어요!

아, 여기 있었네요!

아무리 생각해도 메리 클레멘스 수녀님이 방문을 열게 할 좋은 방법이 떠오르지 않았다.
또, 아그네스 수녀님이 (하려고 하지도 않으시겠지만) 할 수 있는 일도 없을 것 같았다.
그러나 결과적으로는 걱정하지 않아도 될 뻔했다. 엘리노어 아가씨에게 계획이 다 있었으니까.

지금 와서 생각해 보면, 그래서 오히려 더 걱정했어야 하는 거였는지도 모르겠다.

다음 날 저녁, 테스 언니가 그 방에 들어갔던 아침 식사 그릇을 찾아왔다.

전혀 입도 대지 않았어!

우리 음식이 너무 보잘것없는 모양이지?

다음 날 아침에도 테스 언니는 전날 밤 식사를 그대로 가지고 돌아왔다.

이번에도 전혀.

메리 클레멘스 수녀님은 뭐라고 하세요?

그걸 무서워서 어떻게 말해! 경비병 피터를 보고 씩 웃으면서 조용히 그릇만 들고 나왔지.

그리고 다음 날 아침.

아그네스 수녀님께 말씀드려야겠다.

메리 클레멘스 수녀님께서 이미 엘리노어 아가씨 일은 전적으로 알아서 하시겠다고 확실히 못을 박으셔서….

자칫하면, 이런 것도 모르고 넘어갔냐고 흠잡는 걸로 들려서 일이 복잡해질 수 있단다.

나는 어찌된 영문인지 도통 알 수가 없었다. 어디가 아프기라도 한 걸까? 메리 클레멘스 수녀님이
밥도 못 먹게 하는 걸까? 이틀이 지나고서야 나는 다시 그 방에 찾아갈 수 있었다. 이번에는
테스 언니를 데리고 갔다.

살아 있어요!

물론 그렇겠지. 자, 자네는 부엌에 가서 귀리죽을 한 그릇 쑤어 오게.

그건… 보통 가축들에게 먹이는 사료인데요?

하라면 할 것이지 왜 이리 잔말이 많아. 한 마디 더 했다가는 자네가 그 죽을 먹게 될 줄 알게.

귀리죽은 죽의 일종이지만 절대 맛있게 먹을 만한 죽은 아니었다.

끔찍한 귀리죽의 끔찍한 조리법

(진짜 끔찍하다!)

- 귀리 (보통은 말들이 먹는 사료)
- 말린 완두콩 (보통은 닭들이 먹는 사료)
- 미지근한 물, 혹은 유지방을 걷어낸 우유

조리법: 위의 재료를 같은 비율로 한데 섞어 곡물이 연해질 때까지 불린다. 역겨운 느낌이 들 때까지 숟가락으로 으깬다. 아무 간도 하지 않는다. 마음 단단히 먹고 숟가락을 뜬다.

자, 드시지요.

싫소. 이 방에서 나가게 허락해 주지 않는 한 먹지 않을 거요.

정녕 그러고 싶으시다면 걸어서 나가 보시던가요.

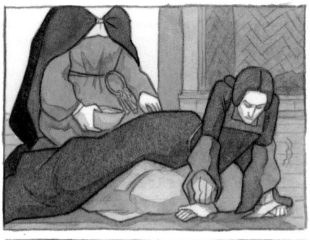

내 이럴 줄 알았습니다.

적어도 다른 사람하고 말 상대라도 하게 해 주시오.

이곳에 계신 자매님들은 선왕의 자녀인 당신을 다들 싫어합니다. 제가 보호해 드리니까 망정이지,

그게 아니면 진정한 잔인함이 무엇인지 그들을 통해 몸소 체험하실 겁니다.

또, 하인들에게 당신은 그저 밥해 바칠 입이 하나 더 늘은 것뿐입니다. 한가하게 앉아서 당신 푸념이나 들어 줄 시간이 어디 있어요?

누구랑 말 상대를 하시겠다는 겁니까?

쥐들?

제가 할게요.

제가 올 수 있어요.

흠. 저 아이로 하시겠습니까?

결국 이곳에서도 시중들 아이를 부리게 되셨군요.

후루룩

메리 클레멘스 수녀님은 우리에게 엘리노어 아가씨가 귀리죽을 먹는 모습을 마지막 한 입까지 지켜보게 하셨다.

그날 밤, 저녁 식사로 들어간 음식은 하나도 남김없이 말끔하게 비워져 돌아왔다.

그 후로 이틀간 엘리노어 아가씨는 방에서 나오지 않고 식사를 마쳤다. 나를 불러오라는 말은 없었다. 나는 한번 더 그 방으로 가서 문을 두드려 보았지만 아무 대답이 없었다.

어쩌면 말 상대가 필요했던 마음이 바뀐 건지도 몰랐다. 아니면 나를 말 상대로 삼기가 싫어진 건지도 몰랐다.

음매애애애애애!

사흘째 아침, 나는 평상시대로 아침 기도 시간 전인 해 뜰 무렵에 일어났다.

옷을 갈아입고 예배당에 갔다가 염소젖을 짜는 필리파 수녀님을 도와드렸다.

그런 다음 부엌에서 아침을 먹고 허드렛일을 조금 거든 후 수업 시간에 맞춰 옷을 갈아입으러 내 방으로 돌아가는데…

어이, 얘야. 당장 나랑 갈 데가 있어.

뭐라고요? 놓아 주세요!

그분이 너를 기다리고 계셔.

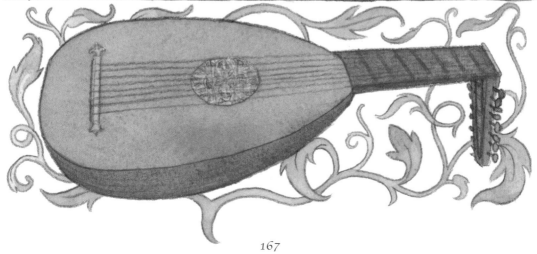

저는 류트를 본 적이 별로 없거든요. 코끼리는 한 번도 못 봤고요.

난 둘 다 봤어. 류트가 훨씬 낫지. 특히, 내 류트는 훨씬 좋고.

이건 내가 하이월 감옥에 있을 때 받아온 거라서.

하이월 감옥에 계셨다고요? 그럼, 혹시 윌리엄을 보셨어요?

누구?

윌리엄 맥코믹요, 캐머런 영주의 아들…

봤을 지도 모르지. 그런데 내가 왜 너한테 그런 얘기를 해 줘야 하니? 말상대를 해 주러 온 사람은 내가 아니라 너인데.

제발 말해 주시면 안 돼요? 그러면 뭐든 시키시는 대로 다 할게요!

너무 오랫동안 굶어서 그런지 아직도 정신이 몽롱해. 내일 다시 물어보렴. 그러면 생각해 볼게.

지금의 나는 그 당시 그녀가 너무도 외로워서, 내 호기심을 자극할 만한 중요한 비밀이 없으면 내가 다시 오지 않을까 두려워 그런 행동을 했다는 사실을 안다.

그러나 그때 나는 그녀가 참 이상한 사람이라고, 잔인한 사람이라고 생각했다. 도와준다고 나선 것을 후회했을 만큼.

다음 날 내가 다시 불려 갔을 때에는 방에 메리 클레멘스 수녀님이 함께 계셨다.

내일부터는 식당에 내려가서 식사하세요. 혼자만 특별 취급을 받으며 호젓하게 식사하는 것은 이제 끝입니다.
아가씨의 입에 무슨 음식이 들어가는지는 원장 수녀님이 일일이 나에게 보고할 테니 유념하세요.

나는 엄연한 이 나라 국왕의 딸이오. 그런 나에게 적들과 한 상에서 식사를 하라는 거요?

그러나 엘리노어 아가씨는 더 이상 따지지 않았고, 메리 클레멘스 수녀님은 흡족한 표정을 지으며 방 밖으로 나갔다. 드디어 메리 클레멘스 수녀님은 엘리노어 아가씨의 전의를 꺾는 데 성공한 걸까? 아니면, 속으로 쾌재를 부른 사람은 드디어 밖으로 나갈 수 있게 된 엘리노어 아가씨였을까?

어쩌면 모든 게 계획의 일부였는지도 모른다. 하지만 난 그걸 소리 내어 물어볼 만큼 바보는 아니었다.

오늘따라 유난히 질문이 많았던 사람은 엘리노어 아가씨였다.

식당에서 식사하는 게 메리 클레멘스 수녀님과 방에서 먹는 것보다 나을까?

글쎄요…, 식당은 사실 조금 지루해요. 저는 부엌에서 먹는 게 더 좋아요.

식당에서 먹을 때는 식사 시간 내내 절대 입을 열면 안 되거든요.

그러면 생선 요리가 너무 싱거워 소금을 쳐야 할 때는 어떡해?

분명히 너무 싱거울 텐데.

식사 때

대표적인 것들은….

엘리시아 수녀라면 누구나 알고 있는 수신호 몇 개를 알려 줄게요. 시빌 수녀님이 그러시는데 이 가운데 어떤 건 수백 년도 더 전에 만들어졌대요.

꿀을 표현할 때는 엄지손가락에 끈적끈적한 게 묻은 것처럼 혀로 핥아내는 시늉을 해요. (음…)

빵은, 우리가 먹는 둥근 빵의 모양을 흉내 내어 엄지와 검지로 원을 그려요.

식초가 필요할 때는 혀에 식초가 닿은 것처럼 얼굴을 찡그리며 떫은 표정을 지어요!

식초와 꿀은 조금 헷갈릴 수 있으니 잘 구분해서 써야 해요.

사용하는 신호!

음식에 소금을 치고 싶을 땐
음식에 소금을 뿌리는 척하면 돼요.

생선이 더 필요하면 입안에
숨을 가득 메우고 물고기처럼
헤엄치고요.

치즈를 누구보다 좋아하는 건
당연히 생쥐겠죠?

우리는 매일 아침 염소 우유를
짜야 하기 때문에 식탁에서
그 흉내를 내는 것은 어렵지 않아요.

이 정도가 가장 중요한 것들이고요.

이밖에도 식사 메뉴에 따라 다양한 동작이 있어요.

나는 아무것도 못 먹고 쫄쫄 굶는 거 아닌가 몰라.

오후 내내 우리는 식사 시간에 쓰는 손동작을 연습했다.

윌리엄에 대해 물어볼 틈이 생겼을 때는 이미 저녁 식사 시간이 되어 있었다.

나는…

!!!

나머지 식사 시간은 꽤 순조롭게 지나갔다. 엘리노어 아가씨는 대부분의 동작을 훌륭히 잘 해냈다. (생선에 꿀을 약간 부은 것만 빼고는) 아그네스 수녀님은 성서의 말씀을 아주 오랫동안 소리 내어 읽으셨다. 그것은 식사 시간에 허용되는 유일한 소리였다. 그렇지만 아무리 주위가 고요했어도 그 내용에 귀에 기울인 사람은 아무도 없었다.

그날따라 저녁 식사를 마치는 데 몇 시간은 걸린 것 같았다. 마침내 그릇이 치워지고 끝 기도 시간에 맞춰 수녀님들이 식당을 나서자, 경비병 피터가 우리를 위층에 데려다주었다.

마거릿, 너 체스 둘 줄 아니?

책에서 읽어 본 적은 있는데 수녀들은 체스를 두지 못하게 되어 있어요.

그런 놀이는 직무나 기도에 방해가 되거든요.

그렇지만 넌 수녀가 아니잖니.

장차 될 테니까요.

그 전에 배워서 나랑 둘 시간은 충분하겠구나.

지금은 내가 저녁 식사 때문에 긴장을 해서 피곤하니까 내일 다시 오렴. 그때 가르쳐 줄게.

윌리엄에 대해서도 얘기해 주실 거죠?

173

그날 이후로 내 하루 일과는
완전히 바뀌었다.

어떤 날은 아무도 나를 부르러 오지 않아 엘리노어 아가씨를 식당에서만 보는 날도 있었다.
그러나 어떤 날은 삼시경이 치기 전에 헤럴드 카펜터나 피터 야로우가 나를 부르러 왔고,
그러면 나는 시빌 수녀님과 수업을 하는 대신 하루 종일 엘리노어 아가씨의 침실에 가서 지냈다

처음 내가 불려 갔던 며칠간은 메리 클레멘스 수녀님이 화장실 갈 때만 빼고 줄곧 방 안에 함께 있었다.
수녀님은 자신이 직접 쓴 엄청나게 지루한 글을 우리에게 읽어 주었다. 그 글은 대개….

젊은 숙녀로서
완벽한 덕목을
실천하며 사는 법

다행히도 수녀님이 매일 방에 계시지는 않았다. 애초에
그런 길고 지루한 글이 탄생하려면 먼저 그 글을 쓰는
데도 오랜 시간이 소요되어야 하니까 말이다.

어쨌든 적어도 난 수녀님과 있을 때 어떻게 행동해야
하는지 잘 알고 있었다. 즉, 가만히 앉아 조용히 듣는
것이었다. 나는 수놓을 재료를 들고 갔다.

엘리노어 아가씨하고만 있을 때에는 그렇게
단순하지 않았다.

우리가 처음으로 둘이 있게 된 날,
엘리노어 아가씨는 류트를 연주했고 이어서
알비온 궁정에서 있었던 공작 부인의 원숭이에
얽힌 웃긴 이야기를 들려주었다.

그 원숭이는 툭하면 숙녀들의 어깨에 올라가
귀걸이를 훔쳐 낡은 장화에 숨겨 놓았다고 한다.

그러다 그 작은 보물창고가 하인에게 발각되자
귀족 자녀들이 궁정에 모여 원숭이를 놓고 재판을
벌였는데, 아이들은 원숭이에게 유죄를 선포하고
사형을 선고했다고 한다.

나라면 아무도 사형시키지 않을 거예요. 그게 어떤 이유라 해도.

…내가 전에 너한테 체스를 가르쳐 주기로 했지?

제 친구 윌리엄에 대해서도 말씀해 주신다고 했어요.

체스를 두면 내 기억력 회복에 도움이 될 것 같아. 하이월 감옥에 있을 때 자주 체스를 두었거든.

나랑 겨루어서 이기면 내가 기억하는 걸 모두 말해 줄게.

달카닥

이 체스 세트와 류트는 그곳에서 나올 때 가지고 나온 유일한 물건이야.

폰

시골에서 농사를 짓다 가족을 남겨 두고 나라를 위해 전쟁에 참여한 보병이야. 폰은 전투가 시작되는 맨 처음엔 앞으로 두 칸을 가지만 그 후로는 신중해져서 한 칸씩만 움직여.

손에는 긴 창을 들고 있지만 팔이 짧아. 그래서 앞쪽 대각선에 있는 말만 무찌를 수 있어.

각 편에 여덟 개씩 있다.

룩

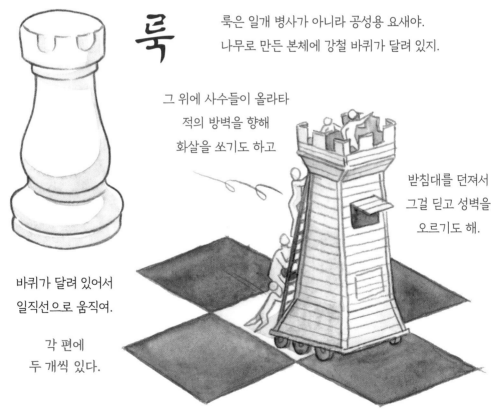

룩은 일개 병사가 아니라 공성용 요새야. 나무로 만든 본체에 강철 바퀴가 달려 있지.

그 위에 사수들이 올라타 적의 방벽을 향해 화살을 쏘기도 하고

받침대를 던져서 그걸 딛고 성벽을 오르기도 해.

바퀴가 달려 있어서 일직선으로 움직여.

각 편에 두 개씩 있다.

비숍

왕에게는 각각 두 명의
비숍(주교)이 있어.
하나는 하얀색 칸으로만
움직일 수 있고
다른 하나는
붉은색 칸으로만
움직일 수 있지.

아마도 두 사람은 교회 문제를
놓고 싸우다가 삐졌나 봐.

나이트

나이트(기사)는 용맹한 전투마를 타고
전장을 누비다가 자주 고삐를 잡아당겨 말을
세워. 앞으로 두 칸을 간 다음 옆으로 한 칸씩
비키는 식으로 움직이지.

각 편에
두 개씩 있다.

이 커다란 것은 뭔가요? 양쪽에 한 개씩밖에 없는데.

그것은 바로…

킹

킹은 자신이 적에게 잡히는 순간 왕국도 함께 무너진다는 사실을 알고 있기에 행동이 매우 조심스러워.

킹은 왕좌에 앉아서 군대를 총지휘하지.

킹은 한 번에 한 칸씩만 움직일 수 있고,

대개는 구출될 때까지 뒤에서 계속 숨어 있어.

그건 겁쟁이 아닌가요?

용맹함 대신 슬기로움을 택하는 통치자도 있는 거야. 자신을 대신해서 싸워 줄 사람은 있으니까.

마지막으로…

퀸

너는 이미 실제 퀸을 만났지.

당연한 말이지만 각각의 킹에게는 단 하나의 퀸만이 있어. 이 퀸은 옆에서 시중드는 시녀도 없이 혼자 움직이지.

그러나 아무리 혼자라도 퀸은 판 위에 있는 어떤 말보다 아군의 가장 강력한 방어자이자 가장 유능하고 똑똑한 말이야.

어떤 식으로 움직일 수 있는데요?

붉은 칸? 하얀 칸?

일직선? 대각선?

퀸은…

어디로든 갈 수 있어.

그렇게 우리는 매일 체스를 두었다.

나는 내 말들이 잡혀가지 않게 하려고 노력했다. 엘리노어 아가씨는 한쪽 말이 상대편 말에게 잡혀가면
죄수가 되어 처형된다고 했다. 나는 그렇게 비정한 군주는 되지 않으리라고 결심했다. 우리 편은 싸우는
일은 옳지 않다고 설득하는 데에만 힘을 쏟기로 했다.

처음 몇 번 시합에서 나는 매번 졌지만 그건 아직 내가 배우는 중이었으므로 당연한 결과였다.
그렇지만 일주일이 지난 뒤에도 나는 계속 지기만 했다. 엘리노어 아가씨는 윌리엄에 대해서 아직
한 마디도 해 주지 않았다. 그 다음 주도 마찬가지였다.

엘리노어 아가씨의 붉은 여왕은 함정을 놓는 데 기가 막힌 재주가 있었다. 나는 적국에 잡혀간
내 모든 폰과 나이트와 비숍과 퀸과 킹의 죽음을 애도했다. 그 말들은 전부 내 무능한 체스 실력 때문에
희생되었다.

그러나 엘리노어 아가씨는 내가 시합에서 이길 때까지 다른 건 절대 아무것도 하지 않겠다고 우겼다.

어느 날 오후, 체스판 위에서
내 눈을 잡아끄는 뭔가가 있었다.

나는 폰을 움직였다.

그땐 이미 내게 남은 폰이 몇 개
없을 때였다. 아니, 폰뿐 아니라
남아 있는 말 자체가 별로 없었다.

언제나처럼
엘리노어 아가씨는
승리를 코앞에
두고 있었다.

불쌍한
폰 같으니라고! 결국
이렇게 가 버렸네.

체크메이트.

그날 밤 자려고 누웠을 때야 나는
내 작은 나라를 지키고 시합에서
이기기 위해 치른 가장 값비싼
대가가 폰의 희생이 아니라는
사실을 깨달았다.

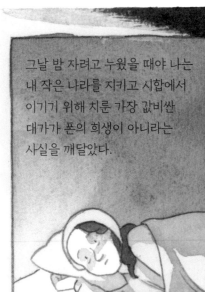

윌리엄에 대해
물어보는 것을 까맣게
잊어버린 것이다.

내일은 절대 잊지 않겠다고 다짐하며
나는 잠자리에 들었다.

그러나 다음 날 아침엔 메리 클레멘스
수녀님이 방에 계셨다. 수녀님은
통풍이라는 병을 앓고 있는데,
그 병에 걸리면 발에 통증이 무척
심하다고 했다. 수녀님의 경우에는
그 병이 성격에도 나쁜 영향을
미치는 것 같았다.

아아! 얘야, 조용히
못 하겠니? 네가 말할
때마다 발이 저릿저릿
하는구나.

저 아직
말 한 마디도
안 꺼냈는데요?

아무래도 수녀님께서
방에서 편히 쉬실 수 있게
우리가 바깥으로
산책을 나가야겠구나.

그래요, 그래. 어서 나가 보세요!

물론, 경비병이 함께 따라갈 겁니다.

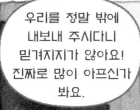

우리를 정말 밖에 내보내 주시다니 믿겨지지가 않아요! 진짜로 많이 아프신가 봐요.

내게 수녀원 정원을 보여 다오. 상쾌한 공기를 마셔 본 게 얼마만인지 모르겠다.

제가 어제 체스 시합에서 이긴 거 기억하시죠?

설마 또 하고 싶다는 말은 아니겠지? 나는 이제 체스가 지긋지긋하거든.

제가 이기면 하이월 감옥에 있는 윌리엄 이야기를 해 주기로 약속하셨잖아요.

경비병이 바로 뒤에 있는데 그런 얘기를 하면 어떡하니? 메리 클레멘스 수녀의 귀에라도 들어가면 어떡하려고? 그 여자가 하이월 감옥에 편지를 보내서 네 친구가 벌을 받게 할지도 몰라.

확실히 경비병 헤럴드는 메리 클레멘스 수녀님에게 모든 걸 다 일러바치고도 남을 사람이었다.

나는 그날 우리와 동행한 경비병이 피터 아저씨가 아니라는 사실이 너무도 아쉬웠다. 피터 아저씨는 밥도 부엌에서 먹고 테스 언니가 해 주는 옛날이야기를 들으며 모드 아주머니 대신 야채 다듬는 일도 도와주었다.

반면에 헤럴드는 늘 식판을 들고 나가서 혼자서 식사를 했다. 또, 메리 클레멘스 수녀님이 시키는 일 외에 다른 일은 일체 하지 않았다.

나한테 단순히 친구 이야기를 해 주는 것처럼 그 애에 대해 말해 주면 어떠니? 그 정도라면 안전할 것 같은데.

또, 그러면 내가 그 애를 정말 본 적이 있는지 확인도 될 것 같고.

윌리엄은요⋯ 음.

좋아하는 사람의 얼굴을 말로 설명하는 것은 무척이나 어려운 일이다. 그 얼굴을 볼 때 무슨 감정이 드는지에 대해서만큼은 확실히 안다.

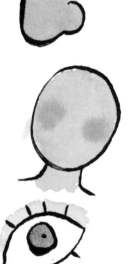

그러나 코의 길이나 정확한 눈동자 색깔 같은 것은 생각하고 또 생각해야만 한다⋯

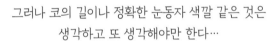

왜냐하면 그 사람이 내게 어떤 사람인지 마음에서 지워 버리고, 처음 보는 사람 눈에 어떻게 보일지만을 생각해야 하기 때문이다.

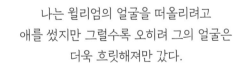

나는 윌리엄의 얼굴을 떠올리려고 애를 썼지만 그럴수록 오히려 그의 얼굴은 더욱 흐릿해져만 갔다.

189

이럴 때 윌리엄의 초상화가 있었다면 얼마나 좋을까요. 제가 한번 그려 봐야겠어요. 직접 보여드릴 수 있게요.

응. 늘 목에 걸고 있었거든.

나도 엄마가 돌아가시고 나서 엄마 얼굴을 잊어버리면 어떡하나 걱정했었어.

그래서 엄마 초상화를 몸에 지니고 다니기로 했지.

그건 빼앗기지 않으셨어요?

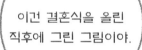

이건 결혼식을 올린 직후에 그린 그림이야.

매우 아름다우시네요.

화가가 예쁘게 그려서 그래.

실제로는 나랑 별반 다르지 않으셨어.

아무튼 이거라도 있으니 얼마나 다행인지 몰라.

190

아! 예전에 에드먼드 왕과 아가씨의 그림이 예배당에 걸려 있었어요.

지금은 어디로 갔는지 모르겠네요.

메리 클레멘스 수녀님이 바바라 수녀님을 시켜 떼어 내게 했거든요.

어떤 그림을 말하는지 알 것 같아.

내가 아버지와 함께 가장 오랜 시간을 보낸 게 바로 그 그림을 그릴 때였거든.

아버지는 내가 아들이 아니라서 크게 실망하셨어.

그렇지만 그건 아가씨가 어떻게 할 수 있는 일이 아니잖아요!

물론 내 탓을 하신 건 아니야. 다만, 내가 아들이었다면 아버지가 살아 계시는 동안 여러모로 수월하셨겠지.

또, 내가 아들이었다면 내게 마상이나 격투를 가르쳐 주셨을 지도 몰라.

아무튼 아버지는 세상에서 가장 위대한 왕이셨어.

나와 인형 놀이를 같이 해 줄 만큼 한가하지 않으셨지.

만약 캐서린 언니가
그 사실을 알았다면, 내가
궁정에서 컸다는 걸 별로
질투하지 않을 텐데.

마거릿, 너는 너희
엄마나 아빠 사진 가지고
있는 거 없니?

아, 없어요. 저는
그분들이 누구인지도
몰라요.

그렇지만
누군가는 알았을 것
아니니.

바닷물에
떠밀려 온 게
아니라면 말이야.

아그네스 수녀님은 아실지도 몰라요.

그렇지만 절대 말하지 않기로 맹세하셨대요. 그러니 저는 영영 알 수 없을 거예요.

그래.

이제 돌아갈 시간이군.

네 친구에 대해서는 열심히 생각해 봐. 그리고 기억나는 특징이 있으면 말해 줘.

그리고 말인데 앞으로는 매일 이렇게 산책을 나와야겠어.

방 안에만 있자니 답답해 죽을 것만 같았거든.

그러나 다음 2주 동안은 매일같이 비가 내렸다.

메리 클레멘스 수녀님은 그 길고 지루한 책을 쓰러 가셨다.

수녀님들이 계시는 회의장에 가 보시는 건 어때요?

거기 가면 가끔 음악도 들을 수 있어요.

다들 그곳에 모여 수작업을 하거든요.

여기 사는 여자들은 전부 아버지를 배신하고 나라에 반역죄를 저지른 여자들이야.

하느님은 그들을 용서하셨을지 몰라도 우리 아버지는 아니야. 그러니 나도 용서 못해.

왜 그런 행동을 했는지 한 명에게라도 물어보신 적 있어요?

내가 왜 그래야 하지? 어차피 반역자들인데.

이미 죄를 고백하고 유죄 판결을 받았으니까 여기에 와 있는 거잖아.

그런데 그 다음 날, 엘리노어 아가씨는 나와 함께 시빌 수녀님을 방으로
초대했다. 다음 날은 이디스 수녀님을, 그리고 그 다음 날은
다른 수녀님을, 차차 한 분씩 모든 수녀님을 방으로 불렀다.

메리 클레멘스 수녀님에게는 기도 방법을 배우기 위한 거라고 둘러댔다.
하긴 다 같이 모여서 기도도 드렸으니 완전히 거짓말이라고 할 수는 없었다.

기도가 끝나면 엘리노어 아가씨가 각 수녀님에게 물었다.

> 어떤 죄로 이곳에 오게 되었는지 말해 주세요.

수녀님들은 예전에 내게 해 준 것과 똑같은 내용으로 답했다.
다른 점이 있다면, 이번에는 에드먼드 왕에 대한 이야기가
섞여 있었다는 점이다.

바바라 수녀님

에드먼드 왕은 여러 면에서 훌륭한 왕이셨습니다.

그렇지만 친구들을 믿지 못하고 적으로 의심하는 경향이 있으셨어요.

위니프리드 수녀님

선왕은 일부 고문들을 너무 과신하셨어요. 그들은 자신의 정적을 제거할 목적으로 왕을 이용했지요.

어떤 이들은 옆에서 왕이 나쁜 버릇을 들이도록 부추겼어요. 그래야만 건강이 나빠진 왕이 자신들에게 더욱 기댈 테니까요.

필리파 수녀님

선왕은 말이나 개를 너무 거칠게 다루셨습니다. 사냥감이 흥분하면 동물들이 다칠 수 있다는 사실을 잊으신 듯 했어요.

잘못하면 본인이 다치실 수 있다는 사실도요.

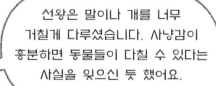

선왕은 툭하면 조안 왕비와 다투셨습니다. 질투가 매우 심하셨거든요.

조안 왕비가 모든 면에서 완벽한 사람은 아니라도 결코 부정한 일을 저지를 여자는 아니었는데 말이지요. 그래서 궁정 여인들은 다들 왕이 너무하다고 생각했어요.

이디스 수녀님

제 동생은 아직 결투를 할 만한 나이가 아니었어요. 그런데도 선왕의 조카가 계속 따라다니며 괴롭히는 바람에….

시빌 수녀님

제 동생이 싸운 것은 순전히 자기방어를 위해서였어요.

왕은 그걸 알고도 모든 책임을 제 동생에게 물었답니다.

아그네스 수녀님

제 어머니는 히스패니아 귀족 출신이었습니다.

에드먼드 왕께서 히스패니아와 전쟁을 선포하던 때에 제 아버지를 불러 처자식과 의절할 것을 명령하셨습니다. 거역하면 첩자로 간주해 처형하겠다고요.

그래서 어떻게 됐어요?

나는 벌써 한동안 내가 아그네스 수녀님에게 먼저 말을 건넨 적이 없다는 사실도 까맣게 잊고 물었다.

아버지는 우리와 연을 끊으셨단다, 마거릿.

그래도 결국은 죽음을 면치 못하셨지만.

나는 두통이 생겨서 이만.

시간을 좀 드리렴, 마거릿.

이번 주에 심란한 이야기를 많이 들으셨을 테니.

그 뒤로 엘리노어 아가씨는 꽤 오랫동안 나를 찾지 않았다.

나는 시빌 수녀님과 밀린 수업 진도를 나갔고, 윌리엄의 초상화를 그리는 일에 집중했다.

수녀원 식구들도 최선을 다해 나를 도와주었다.

그림이 완성되기 전에 나는 엘리노어 아가씨의 호출을 받았고, 우리는 다시 매일 바깥으로 산책을 나갔다.
수녀님들의 이야기를 듣고 엘리노어 아가씨에게 어떠한 심경의 변화가 있었는지 겉으로만 봐서는 전혀
알 길이 없었다. 어쩌면 그냥 메리 클레멘스 수녀님과 한 방에 있기가 싫어서 나를 불러낸 걸지도 몰랐다.

아무튼 산책을 나가는 건 매우 좋은 생각이었다. 집필 중이 아니거나 다리가 아프지 않을 때에도
메리 클레멘스 수녀님은 산책을 오래 따라 나서는 일이 결코 없으셨기 때문이다.

혹시 아가씨를 알비온으로 데려갈 배라고 생각하셨나요?

내가 이곳에 보내진 건 비밀이야.

날 도와줄 만한 사람 중엔 내가 여기 있다는 사실을 아는 사람은 없지.

만약 나 때문에 배가 온다면 그건 날 다른 감옥으로 옮기려고 오는 것일 테지.

언젠가는 다시 하이월 감옥으로 보내질지 모른다고 생각하세요?

어쩌면.

경비병! 이제 방으로 돌아가겠다.

음매애!

201

나는 엘리노어 아가씨에게 하이월 감옥을
떠올리게 한 것이 미안했다. 그러나 적어도
엘리노어 아가씨가 윌리엄이 누구인지만 확실히
알고 돌아간다면, 그 편을 통해 나는 윌리엄에게
소식을 전할 수 있을 텐데…
내가 전하고 싶은 말은,

난 아직 널 잊지 않았어.

마거릿! 딴 생각을
하고 있구나.

죄송해요,
수녀님.

지금은 라틴어 공부
시간이야. 윌리엄을 그리는
시간이 아니야.

나는 내가 무의식중에 그린 그림을 내려다보았다.
그것은 내가 처음으로 제대로 그린, 의심의 여지없는

…윌리엄이었다.

다음 날, 나는 엘리노어 아가씨의 침실로 달려갔다. 그런데 방 주인은 이미 밖에 나가고 없었다.

네가 오면 절벽에 있는 계단으로 오라고 하셨다. 오늘은 야로우가 경비를 서는 날이야.

나는 층층다리로 서둘러 갔지만 아무도 보이지 않았다.

그래서 나는 아래로 내려갔다.

엘리노어 아가씨는 이곳에 온 후로 한 번도 바닷가에 내려간 적이 없었다. 나는 메리 클레멘스 수녀님이 못 가게 금지시킨 것인 줄로만 알았다.

지금 저기서 무엇을 하고 있는 걸까, 나는 궁금했다.

저기! 저 바위에 물개가 엄청 많구나!

방금 내가 하얀색 물개를 본 것 같아. 나머지는 전부 검은색이나 갈색인데. 하얀 건 원래 보기 드문 건가?

아가씨, 셀키를 보셨군요!

그것도 설마 진짜라고 하는 건 아니겠지요!

제가 드디어 윌리엄의 초상을 완성했어요.

이제 우리…

그보다 마거릿, 너 저 작은 보트 어떻게 타는 줄 아니?

코러클요? 네, 쉬워요.

그제야 나는 우리 둘이서 윌리엄에 대한 이야기를 나누는데 코러클만큼이나 좋은 장소가 없다는
사실을 깨달았다. 단둘이 코러클을 타고 나가면 물개나 갈매기들 빼곤 아무도 우리의 대화를 엿들을 수
없는 것이다. 참으로 영리한 생각이 아닐 수 없었다.

그르르르!

엉엉!

끼잉!

여전히 안 보이네.
완전히 가 버린 게
아니면 좋겠는데

드디어 비슷하게
그리는 데 성공했거든요.
아마 바로 알아볼 수 있으실
거예요. 시빌 수녀님도
단번에 알아보셨어요!

다시 돌아올지도 몰라요.
기다리는 동안에 제가 그린
윌리엄 초상화를 봐 주시면
어때요?

아, 그래, 그런데
지금은 못 볼 것
같아. 햇빛이 너무
강해서.

그렇지만
지금이라면 아무도
몰래 이야기할
절호의 기회라고
생각했는데….

그래서
코러클 배를
타자고 하신 거
아니었어요?

제가 체스를 이기면 윌리엄에 대해 이야기해 주신다고 약속하셨잖아요.

초상화를 보면 알아볼 수 있을 거라고도 하셨고요.

내가 예전에 뭐라고 했든 알게 뭐람.

네 친구 얼굴 같은 건 보고 싶지 않아.

하이월 감옥은 생각도 하고 싶지 않다고.

그렇지만 아가씨는 거기서 나오셨잖아요. 윌리엄은 아직도 그곳에 있단 말이에요. 본 적이 있는 것 같다고 말씀하셨잖아요.

그 말은 윌리엄이 무사히 살아 있다는 뜻이니까, 그렇다면 제가 어떻게든 소식을 전해 볼 수 있...

그만 좀 해!

수영은 내게 자연스러운
일이었다. 섬에 사는 우리는
모두가 그랬다.

비록 엘리노어 아가씨처럼
무거운 옷을 입고 있으면
수영하기가 힘든 건
사실이지만 그렇다고
불가능한 일은 아니었다.

그러나 엘리노어 아가씨는
속절없이 물속으로 가라앉았다.
엘리시아 성녀처럼.

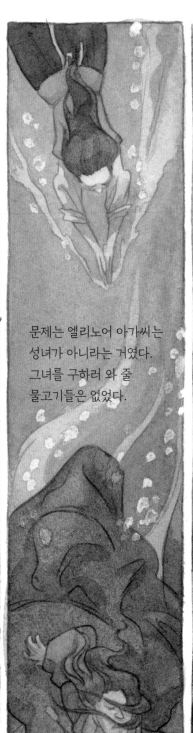

문제는 엘리노어 아가씨는
성녀가 아니라는 거였다.
그녀를 구하러 와 줄
물고기들은 없었다.

내가 구하는
수밖에 없었다.

212

나는 부엌 아궁이의 불 앞에서 젖은 몸을 말렸다. 손님용 숙소로 갔다가는 엘리노어 아가씨를 다시 마주칠까 두려웠다. 메리 클레멘스 수녀님을 마주치면 더더욱 큰일이었다.

엘리노어 아가씨가 경비병 없이 코러클 배를 타고 나간 것에 대해, 테스 언니는 피터 아저씨가 죄를 뒤집어쓸까 봐 안절부절못했다. 잘못하면 메리 클레멘스 수녀님이…

피터를 감옥에 보내면 어떡해!

그래도 싸지. 여기서 고놈의 임무가 그 여자를 잘 살피는 거 하나인데 그것도 제대로 못 했으니.

흑흑!

살살 하거라, 베스. 네 동생이 사람 눈에 실제로 보이는 것을 좋아하는 게 어디 자주 있는 일이니?

매기, 무슨 일이 있었는지는 모르겠지만 아그네스 수녀님을 찾아가 네 입장을 말씀드리는 게 좋을 것 같구나.

아그네스 수녀님께 자초지종을 설명할
생각을 하자 눈앞이 캄캄해졌다. 거짓말은
당연히 통하지 않을 것이다. 또, 엘리노어 아가씨가
일부러 옷을 입은 상태로 물에 뛰어들었다는 것을 믿을
사람은 없을 것이다. 피터 아저씨나 테스 언니가 이 일에 대해
책임을 추궁 받는다면 정말 큰일이었다. 만에 하나 내가 물에 빠트린
거라고 엘리노어 아가씨가 말해 버리면 그것은 더욱더 큰일이었다. 지금
이 순간 메리 클레멘스 수녀님이 아그네스 수녀님과 이야기하고 있는 중이라면
어떻게 하지? 이미 한발 늦은 건 아닐까? 토할 것처럼 속이 울렁거렸다.

끔찍한 그 서신들과 덕목에 관한 책을
쓴다며 메리 클레멘스 수녀님이 아그네스
수녀님의 서재를 차지한 뒤에도, 저녁 기도
전 한두 시간 정도는 아그네스 수녀님이
계속 서재를 사용하고 계셨다.

…무슨 일이 있어도
이곳에서 내보내야
합니다.

엘리노어
아가씨!

나는 엘리노어 아가씨가
왜 메리 클레멘스 수녀님을
안 보내고 직접 아그네스 수녀님을
찾아왔는지 너무 궁금했다.

남의 말을 엿듣는 건 나쁜
일이었지만, 만약 엘리노어 아가씨가
피터 아저씨나 테스 언니에 대한
거짓말을 한다면 내가 먼저 듣고
둘에게 귀띔해 주는 것이
바람직하겠지…

단순히 제가
원한다고 해서 마거릿을
내보낼 수 있는 일이
아닙니다.

그 애가 이곳에 사는 건
메리 클레멘스 수녀님도
좌지우지할 수 있는 일이
아니에요.

그렇다면
그 애의 정체라도
알려 주시지요.

안 그러면 마거릿이
오늘 저를 암살하려 했다고
메리 클레멘스 수녀님에게
일러바칠 겁니다.

그러면 그 애는 앞으로
5년간 꼼짝없이 독방에
갇혀 지내야 하겠지요.

알겠습니다.

그 서신에는 국왕 폐하가 극비리에
혼인하셨다는 내용이 적혀 있었습니다.

그 아내는 외국의 공주도, 알비온의
고위층 귀족 출신도 아니며,

그저 한 상인의 과부로, 이 나라 국민 누구도
왕비가 될 거라고 예상치 못했던 여인이라고
합니다.

제게 맡겨진 마거릿은 바로
그 두 사람 사이에서 태어난 딸로,
전 남편과의 사이에서는 자식을 얻지
못했기에 아이가 생기리라고는 전혀
예상치 못했다고 하더군요.

옛날 국왕 폐하가 캐서린 여왕의
생모를 버리고 이사벨 왕비와
결혼했을 때, 온 나라가 거의
반으로 쪼개지다시피 했던 것을
잘 아시겠지요.

그러니 새 아내와 아이의
정체가 알려지면, 적들뿐 아니라
같은 편에 의해서도
이들의 신변이 큰 위험에
처할 수 있다는 사실을
폐하는 염려하신 듯합니다.

그래서 그 결혼은 비밀에 부쳐졌고, 마거릿은
안전하게 자랄 수 있도록 멀리 보내진 것입니다.

그런데 알비온 내에 우리 섬보다 더욱
비밀스럽고 안전한 곳이 또 어디 있겠습니까.
특히 섬 주민들조차 아이의 정체를
모른다고 하면 말입니다.

마거릿의 정체는 만에 하나
아가씨가 죽고 왕위에 오를 후계자가
없을 때에만 세상에 알려지게 되어
있었습니다.

그게 아니면 마거릿은 평생
세상 풍파에 휘둘릴 일 없이, 이름 모를
한 선원의 고아로, 이곳에서 조용하게
살게 되어 있던 것입니다.

그게 사실일 리
없습니다. 제 아버지가
아무도 모르게 결혼하는 게
어떻게 가능합니까?

왕실 고문 중에 아는 이가
반드시 있어야 합니다. 결혼을
성사시켜준 신부도
존재해야 하고요.

예, 누군가는 분명 알았을 겁니다. 허나 누구도 굳이 그 일을 밝힐 이유가 없었을 테지요. 또한, 그 일을 알던 사람들은 대부분 대륙으로 망명했거나 발한병으로 사망하지 않았겠습니까?

아니면 캐서린 여왕에 의해 처형되었거나 그 아래에서 입을 다물고 있을 수도 있고요.

혼인을 증명할 서류를 보기는 했나요? 증명할 방법이 하나라도 있냐는 겁니다. 대체 어떤 여자였죠?

저에게 있는 증거는 그날 받은 서신이 유일합니다. 지금은 안전한 곳에 숨겨 두었지요.

그러나 딱히 사실이 아니어야 할 이유도 생각할 수 없군요.

그 여자 분의 이름은 저도 모릅니다.

국왕 폐하가 돌아가신 후 그분도 세상을 떴을지 모르고, 살아 있더라도 혼인에 대해서는 일절 입 밖에 내지 않는 편이 현명하겠지요.

이 이야기를 왜 제가 도착하던 날 하지 않은 겁니까?

…

설마 내가 해코지라도 할까 봐 걱정한 건가요?

고작 그 어린 애를요? 친구들이라고 해 봤자 염소들이나 부엌 하녀들밖에 없는,

그런 애가 내 왕권을 노리고 바다를 헤엄쳐 건너 알비온에 가기라도 한단 말인가요?

이크!

나와 내 나라 사이를 가로막고 있는 사람은 캐서린이에요.

코러클 밖에선 마거릿을 위험하게 생각하지 않으시니 천만다행입니다. 허나 선왕께서도 소년티를 거의 벗지 못한 나이에 왕위를 놓고 싸우셨습니다. 캐서린 여왕도 아가씨가 태어났을 때 고작 어린아이였지만 아가씨를 미워하게 되지 않았습니까?

만일 캐서린 여왕이 왕위에 있는 동안 마거릿의 존재를 알게 된다면…

과연 마거릿의 안전을 장담하실 수 있겠습니까?

그러실 줄 알았습니다.

만약 제가 이 말씀을 처음에 드렸더라면, 아가씨는 메리 클레멘스 수녀님의 눈에 들기 위해 이 사실을 그대로 전달 드렸을지도 모릅니다.

흥!

225

그때는 저도 아가씨를 잘 알지 못했습니다. 허나 메리 클레멘스 수녀님이라면 충분히 마거릿을 여왕 폐하께 바치고도 남으셨겠지요.

마거릿을 조금 전까지만 해도 친구로 생각하셨을 테니 아가씨도 잘 아실 겁니다.

윌리엄 일만 봐도 알 수 있듯, 그 애가 자기편 사람에게 얼마나 굳게 의리를 지키는 아이인지를요.

그 정도면 아가씨께서 그 아이를 배신하지 않을 이유로 충분하기만을 바랄 뿐입니다.

엘리노어 아가씨는 그 뒤로 나를 부르지 않았다. 식사 시간에도 방에서 나오지 않았다.
메리 클레멘스 수녀님에게는 몸이 안 좋다고 말한 것 같았다. 어쩌면 정말로 아픈지도 몰랐다.
나로서도 만약 엘리노어 아가씨가 불렀다면 실제로 만나러 갔을지 확신할 수 없다.

어쩌면 엘리노어 아가씨는 이제
마음이 변해 나를 위협적 존재로 여기고
계단에서 확 밀어 버리려 할지도 모른다!

자신의 친동생을!

다만 확실히 알 수 있는 한 가지가 있다면,
엘리노어 아가씨가 메리 클레멘스 수녀님에게는
아무 이야기도 하지 않았다는 사실이었다.

수녀님은 예전처럼 나를 그냥 무시하거나
꾸짖기에 바쁘셨다.

아그네스 수녀님 또한 전혀 아무 일 없는 것처럼 행동하셨다.
내가 그 대화를 전부 들었다는 사실을 분명히 아시는데 말이다.
나는 수녀님께 묻고 싶은 것이 한두 가지가 아니었다.

그 편지는 지금 어디에 있을까? 수녀님은 엘리노어 아가씨에게
편지 내용을 정말로 다 밝히셨을까, 아니면 엄마의 정체도
그 편지에 쓰여 있었을까? 엄마가 나와 함께 섬에 오지 않은
이유도 적혀 있었을까? 아그네스 수녀님은 왜 나에게 그 대화를
다 듣게 하신 걸까? 나보고 엘리노어 아가씨를 조심하라는
뜻일까? 그날 협박을 받지 않으셨다면 아그네스 수녀님은
그 비밀을 끝까지 내게서 숨기셨을까?

아그네스 수녀님과 대화다운 대화를 나눠 본 것이
언제인지도 벌써 까마득했다.

마거릿.
마거릿?

흠?

너 또 자수 실을
치마에 꿰었어.

난 내가 이 섬에 오게 된 이유만 알게 되면 궁금했던 모든 게 풀릴 줄 알았다.
그런데 이렇게 오히려 더 깊은 미궁 속으로 빠질 줄이야.
올 겨울의 첫 폭풍이 바다를 건너 우리 섬으로 다가오고 있었다.
그러나 내 머릿속에서 일고 있는 회오리에 비하면 그건 아무것도 아니었다.

수녀님들은 잘 지켜보라고 나를 뒤에 남겨 두신 뒤 모두
예배당으로 가셨다. 배는 거의 한 시간 가까이 파도와
사투를 벌이다가 결국 옆으로 기울었고
돛대도 거센 파도 속으로 고꾸라졌다.

수녀님들의 기도가 부족한 걸까?
아니면 엘리시아 성녀가 다른 일로
바쁘신 걸까?

롱보트다!
배가 가라앉기 전에
용케 롱보트를
띄웠어!

어떨 땐 큰 배보다 작은 배가
더욱 유리할 때가 있다.

어떻게든 무사히 만 안쪽으로
들어올 수 있다면…

깃발을 올리고
있어…

내 깃발!

그 후로는 아무것도 보이지 않았다.

걱정한다고 해서 죽을 사람이 살아나는 건 아니잖니, 매기.

혹시 누구라도 무사히 살아남으면 지금 네 앞에 있는 따끈한 국물을 보고 몹시 고마워할 거다.

하지만 큰 배도 롱보트도 다 가라앉았는걸요. 그런 상황에서 누가 어떻게 살아남아요?

옛날에 내 남편이 어떻게 살아났는지, 너에게 이야기 안 해 줬던가?

내 남편이 한번은 상어들이 득실득실한
실버해를 너덜너덜한 나무판 하나에
의지해 거의 절반이나 헤엄쳐 건넌 일이
있었단다.

그러다 드디어 해안가에 닿았는데 바로 이곳 엘리시아
수녀님들의 품 안으로 떨어진 거지. 그때 수녀님들께서
뜨끈뜨끈한 국물을 주셔서 그이가 무사히 몸을 녹일 수
있었댔어.

그 일을 겪은 후에 그이는 그 나무판을 우리 침대의
머리 장식으로 만들었단다. 이틀 밤낮을 그렇게 꼭
끌어안고 있었던 건 마누라인 나를 빼고는 그게
유일하다고 하면서.

정말요?

그럼.

나랑 테스가
어렸을 적엔 아버지가
물 위에서 떠돈 시간이
여섯 시간이라고 하지
않았어요?

새벽녘이 되자 폭풍우는 잠잠해졌고 바닷물도 썰물이 되어 빠져나갔다.

엘리시아 수녀들의 임무는 비로소 폭풍이 지나간 뒤에 시작된다. 바닷가나 항구를 샅샅이 뒤져 간호가 필요한 생존자가 있는지 찾아내고 익사자를 발견하면 기도와 함께 매장을 하고 그 뒤에 홀로 남은 부인과 고아들을 찾아 쉼터 및 구호를 제공하는 것이다.

마지막 임무는 섬에 사는 우리로서는 수행할 수 없다. 대신, 이곳 수녀님들이 자수를 수놓아 수녀회 본부로 보내면 거기서 그것들을 판매하여 유족들을 지원한다.

물론 메리 클레멘스 수녀님의 허락이 먼저 필요하겠지요.

아가씨께서 봉사를 하신다는데 제가 반대할 이유가 있나요?

물론 위험한 일을 맡기지는 않으시겠지요.

저는 지병 때문에 부득이하게 함께할 수 없을 것 같습니다.

대신 양호실에서 기다리겠습니다. 거기서 제 전문 지식이 필요한 일이 생기면 기꺼이 도와드리지요.

수녀님의 넓으신 아량에 하늘도 높이 칭송할 것입니다.

폭풍은 때때로 실버해를 갈퀴로 긁듯 훑으며
풍화된 나무토막이나 해초 외에도 많은 것들을
우리 해변에 몰고 온다.

선원들의 분실물부터 폭풍에 부서진 배의
일부분까지, 내가 본 것만 해도 수많은 종류의
물건들이 있다.

동물 뿔로 만든 컵.

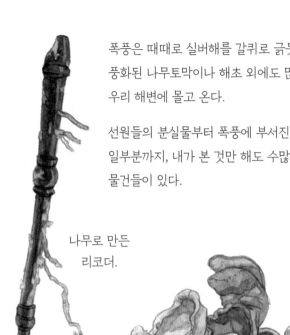

나무로 만든
리코더.

선원들이 주로 신는
가죽신 세 짝.

안에 든 거라고는
바닷물 약간밖에 없는
유리 수통.

전복 껍데기로 만든
특이한 목걸이.

선수상에서
부서져 나온
거대한 나무손.

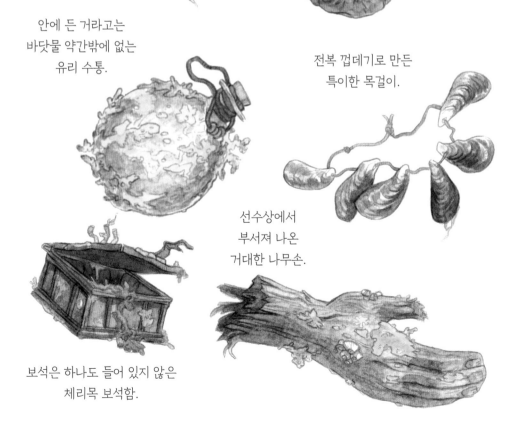

보석은 하나도 들어 있지 않은
체리목 보석함.

그러나 이번엔 그 어느 때와도 달랐다.

아그네스 수녀님과 필리파 수녀님은 혹시라도 물에
사람이 있는지 살피려고 코러클을 타고 나가셨다.

나머지 사람들은 생존자나 배의 정체를 알려 줄만한
단서가 있는지 찾아 난파선의 잔해를 뒤졌다. 그래야만
망자의 소식을 유족에게 전달해 줄 수 있기 때문이다.

엘리노어 아가씨는 어째서 먼저 돕겠다고 나섰을까?
물론, 돕는 것은 좋은 일임에 틀림없다. 그러나 그전에는
아무리 좋은 기회가 많았어도 한 번도 나선 적이
없지 않은가.

그저 단순한 호기심으로 나온 걸까? 그러나
그렇다고 보기엔 뭔가를 찾아 헤매는 사람처럼
너무나도 열심히 바닷가를 뒤지고 있었다.

앗, 수녀님.

이디스
수녀님.

익사자군요. 벌써
한참 전에 죽었어요.
가엾은 영혼 같으니.

오늘 하루 동안은
이 사람 동료들을 계속
더 찾게 되겠지요.

제 생각엔…

롱보트를 띄우는 걸
제가 봤습니다. 그
흔적은 없습니까?

혹시라도 생존자가
있을 수…

아직은 이렇다 할 만한 게
보이지 않습니다. 여기에
표류했다가도 다시 바다로
쓸려 나가거나,

혹은 해변에서
빗나가 절벽에
부딪혔을 수도
있으니까요.

누군가 해변에
닿았더라도
그런 폭풍우에서
살아남기는
힘들었을 겁니다.

롱보트를 본 건 나 혼자만이 아니었다.

그렇다면 엘리노어 아가씨는 깃발 또한 보았을 것이다.
바로 그래서 바닷가에 나오겠다고 한 것이다!

그러나 엘리노어 아가씨는 깃발에 대해 한 마디도
하지 않았다. 즉, 수녀님들이 알기를 바라지 않는다는 뜻이다.

뭐라도 보이니, 마거릿?

롱보트 일부분이 여기로 떠밀려 온 것 같아요.

제가 가서 좀 더 살펴볼게요.

그래, 그러렴. 몸조심하고.

그 배가 엘리노어 아가씨를
찾아왔다는 사실을 경비병이나
수녀님들이 알게 되면
무슨 일이 일어날까?

엘리노어 아가씨가 이곳으로
보내진 건 극비 사항이라고
했다. 말리 선장님조차
자신의 배에 태운 승객이
얼마 전까지 여왕이었다는
사실을 몰랐다고 했다.

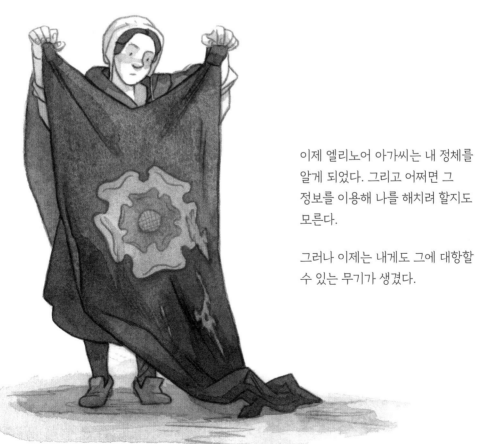

이제 엘리노어 아가씨는 내 정체를
알게 되었다. 그리고 어쩌면 그
정보를 이용해 나를 해치려 할지도
모른다.

그러나 이제는 내게도 그에 대항할
수 있는 무기가 생겼다.

엘리노어 아가씨가 내게 거짓말을 하고 나를 쫓아내려한 건 사실이지만, 그렇다고 해서
그 일로 끔찍한 형벌을 받아 마땅하다고 생각하지는 않았다. 적어도 메리 클레멘스
수녀님이나 캐서린 여왕이 고안할 만한 방식은 아니었다.

깃발을 몰래 숨긴 뒤에 엘리노어 아가씨에게 알리면 어떨까? 우리가 자매라는 사실을 계속 비밀로
하지 않으면 메리 클레멘스 수녀님에게 배의 정체를 폭로하겠다고 겁을 주는 것이다.

그런데 그렇게 하면 내가 우리가 자매라는 사실을 알고 있음을
대놓고 밝히는 꼴이 된다. 그러면 엘리노어 아가씨는 나를
더욱더 위험한 존재로 여기고 해치려 들지 모른다.

나한테 친언니가 있다는 놀라운 사실을 안 건 일주일도 채 되지 않은 일이었다.
그런데 벌써부터 서로를 해칠 수 있는 경우의 수가 이토록 많다니.

246

내가 그 순간 취할 행동(누구의 편에 설지 결정하는 일)은
나라 전체의 미래를 결정하는 일이 될 수도 있었다. 그중에서
윌리엄을 하이월 감옥에서 풀려나게 할 수 있는 결정은
어떤 결정일까?

누가 여왕이 되어야 이곳 수녀님들의 죄를 사면시켜줄까?
내가 진실을 알기 전과 같은 곳으로 이 섬을 돌려놓으려면
어떤 선택을 해야 할까?

나는 다시금 엘리노어 아가씨의 체스 판을 뚫어져라
쳐다보고 있는 느낌이었다.

여기…

내 팔을 놓으시오!

폐하…

아직 살아 있었다.
잠든 것뿐이다. 그러나
열이 불덩이 같았다.

나는 엘리시아 성녀께 내가 다시 올 때까지 이
사람이 죽지 않고 잠들어 있게
해 달라고 기도했다.

인자하신 성모께는 그가 아프지 않게 해 달라고,
열이 내리게 해 달라고 기도했다.

비통한 성자께는 그가 또다시 큰 소리로
외치지 않게 해 달라고 기도했다.

마지막으로 하느님께는 내가 이제 어떻게
해야 할지 알 수 있게 도와 달라고 기도했다.

나는 밖에서 다른 사람이 볼 수 없도록 깃발을
동굴 안으로 옮겼다. 그리고 물에 떠내려가지 않도록
바위에 돌돌 감았다.

그러면 이 남자가 비틀거리며 일어나 나가려다가도
그걸 보고서 내가 꿈이 아닌 실제 일이었음을 깨닫고
동굴 안에서 기다릴 거라고 생각했다.

롱보트의 부서진 잔해는 바닷물에 빨리 떠밀려 갈 수
있도록 바다 쪽으로 최대한 멀리 밀어냈다.

저쪽에서 뭐라도
찾았니?

롱보트에서
부서진 나무판자
몇 개밖에 없었어요.

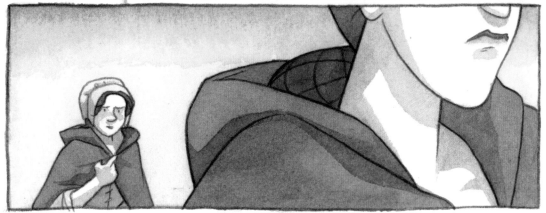

저쪽 바닷가에 남자 한 명이 있어요. 살아 있어요.

그 남자가 아가씨의 이름을 부르면서 여기 계시는지 물었어요. 아, 그리고 그 깃발도 저쪽에 있어요.

이게 그 일부 조각이에요. 롱보트에 달려 있던 깃발을 이미 보신 거죠?

그 남자는 잘 숨어 있어요. 깃발도요.

그런데 부상을 당했어요. 열도 있는 것 같고요.

말을 하는데 횡설수설하더라고요.

양호실로 데려갈 수는 없어. 거기엔 메리 클레멘스가 있으니까. 만일 그가 깨어나 내 신하라고 말하기라도 하면 알비온으로 끌려가 반역자로 처형당할 거야. 그리고 난…

그녀의 두 손이 떨고 있었다.

엘리노어 아가씨는 두려워하고 있었다.

나를 두려워하고 있었다.

아무한테도 말하지 않을게요.

어째서?

자매간에 서로 어떻게 행동해야 하는지 내가 아는 방법은 하나밖에 없었다. 그리고 그건 엘리노어와 캐서린 자매가 서로를 생각하는 그런 관계는 절대 아니었다.

장차 엘리시아회 수녀가 될 저로서는 난파를 당하거나 섬에 고립된 사람을 늘 보호하고 도와주어야 할 임무가 있으니까요.

아저씨는 난파를 당했고 아가씨는 섬에 고립되어 있잖아요. 그래서 돕는 거예요. 엘리시아 성녀도 함께 도와주실 거예요.

엘리시아 성녀의 도움도 받을 수 있다면 진정 감사할 것 같구나.

그 남자, 자신의 이름은 얘기 안 하더냐?

프랜시스라고 했어요.

외모는?

검은 머리에 수염이 약간 있고 말투가 선원 같지는 않았어요.

내 옆에서 같이 걸어. 경비병들의 시선을 반대쪽으로 돌려야 해.

그 사람이 아가씨를 알고 있다고 했는데, 맞나요?

그래. 그 사람은 켄즈 백작인 프랜시스 패짓이야.

우리는 어렸을 적부터 알던 사이였어.

그는… 예전에….

내 왕실 경호단의 최고 사령관이었어.

그리고 그가 이곳으로 날 찾아왔다는 건…

나를 배신했다는 뜻이야.

그다음 며칠간은 매우 이상한 날들이 이어졌다.

그 젊은 남자는 열이 내릴 때까지 동굴 안에 숨어 있어야 했다.
제정신이 아닌 상태로 자신의 정체를 입 밖에 내면 큰일이었기
때문이다.

엘리노어 아가씨는 메리 클레멘스 수녀님이나 경비병으로 인해
자유롭지 못했다. 코러클 사건 이후로는 피터 아저씨마저도
엘리노어 아가씨를 절대 시야 밖으로 내보내는 일이 없었다.

따라서 동굴에 갈 수 있는 사람은 나 하나뿐이었다.

깨끗한 물을 가져다주는 일은 어렵지 않았다.
그러나 부엌에서 몰래 음식을 빼내거나 양호실에서
붕대를 챙겨 나오거나 수업을 빼먹다가 들킬 위험을
감수하는 것은 또 다른 이야기였다.

우리는 엘리노어 아가씨의 고급 리넨 치마를 기다랗게
찢어 붕대로 쓰기로 했다. 그리고 내가 그 방에
가 있는 동안 부엌에서 식사를 받아 와 앞치마에
숨겨 동굴로 가져갔다.

따라서 엘리노어 아가씨는 매일같이 나를 방으로
불러들였고, 동굴 입구가 열리는 썰물 때가 되면
내게 '심부름'을 시켜 내보냈다.

내가 엘리노어 아가씨와 다시 어울리는 것을 보고
아그네스 수녀님은 깜짝 놀라거나 걱정하셨을까?
적어도 겉으로는 아무 내색도 하지 않으셔서
잘 모르겠다.

257

엘리노어 언니…는 내게 지나칠 정도로 잘 대해 주었다.

내가 같은 편에 서서 도와주는 게 고마워서였는지, 혹은 내가 메리 클레멘스 수녀님에게 이르는 것이 두려워서였는지, 그건 알 수 없었다.

나는 만약을 대비해 주머니 속에 깃발 한 자락을 늘 넣고 다녔다.

그러는 바람에 내 손은 붉게 물들었다.

그런데 전혀 이해되지 않는 것이 한 가지 있었다.

그 아저씨가 이곳에 온 게 아가씨를 배신한 행위라고 하셨잖아요.

어째서죠?

그 때문에 우리 세 사람이 전부 위험에 처했잖니, 안 그래?

자, 서두르렴. 자칫 썰물을 놓치거나 메리 클레멘스 수녀가 돌아오면 큰일이니까.

비밀리에 그를 돌보는 일은 확실히 위험한 일이기는 했다. 그러나 폭풍을 만난 것이 그의 잘못은 아니지 않은가. 배가 엘리노어 여왕의 깃발을 달고 온 걸로 보아 그 아저씨는 필시 엘리노어 언니를 구출하러 왔을 것이다.

그런데 그게 어떻게 배신행위가 될 수 있지?

프랜시스 아저씨의 상태는 점차 호전되어 갔다. 젖었던 몸이 마르면서 베이거나 긁혔던 상처도 아물고 음식 섭취량도 점점 늘어났다. 안색은 아직 창백했지만 열은 많이 내렸다. 그는 그제야 내가 엘리노어 언니가 아니라는 사실을 깨달은 듯했다.

거기 누구냐?

저예요.
일어나셨네요!

음, 겨우.
주위가 빙빙 도는 것
같지만….

붕대 감은 부위를
살펴볼 수 있게
앉아 보세요.

그분은
어떠시니?

매우 걱정하고
계세요.

그렇게
말씀하셨니?

…아뇨.

그렇지만
얼굴을 보면
알 수 있어요.

뭐가 그렇게 우스우세요?

비로소 그분이 이곳에 있다는 게 정말 확실하구나 하고 실감되어서 말이지.

만약 네가 나한테 그분이 직접 그 말을 했다고 말했다면 난 네가 거짓말하고 있는 걸 금방 알아챘을 거야.

듣기 좋으라고 일부러 그렇게 말했을 수도 있잖아요?

다음 날은 동굴을 찾아가 보지 못했다.

수녀원에서 가장 조용한 날인 일요일이었기
때문이다. 일요일에는 모두가 일손을 놓고
차분히 기도를 드린다.

딱 한 번 빠져나갈 틈이 생겼지만 그땐 이미 밀물 때였다.
월요일이 되어 그를 다시 찾았을 때는 전날과 사정이 사뭇 달랐다.

열이 나!

나는 열을 내리기 위해
차가운 바닷물에 붕대를 적셔
그의 얼굴과 목에 얹었다.

그게 내가 아는 방법의
전부였다.

제발 죽지
마세요.

당장 제대로 된 도움을 받지 못하면 최악의 상황이 올 것 같다는 나쁜 예감이 들었다. 이미 밀물이
시작된 데다가, 또 다른 폭풍우가 섬으로 다가오고 있었다. 물이 들어차기 시작했다. 동굴 입구에는
이미 발목까지 차올라 있었다. 이 물은 눈 깜짝할 사이에 불어나 금세 무릎에 채일 것이고,
돌벽 근처는 허리까지 차오를 것이다. 그렇게 되면 차갑고 거센 물살을 가로질러 걸어가는 것만으로도
큰 위험을 감수해야 한다.

만에 하나 엘리노어 언니가 도와줄 수 있다 해도 지금 데리러 가기에는 시간이 너무 늦었다.

제발 조금만
기다려 주세요.

아저씨.
일어나셔야 해요.

어떻게든 데리고 나가야만 했다.
돌벽을 넘어 층층다리를 올라가
도움을 청해야 했다.

열에 취해 메리 클레멘스 수녀님에게
헛소리를 해서 알비온에 보내져 처형당할지
모른다 해도, 어차피 이렇게 있다가는 당장
오늘 밤에 죽고 말 것이다.

엘리시아 성녀님, 우리에게 힘을 주세요!

아저씨, 제발요!

그러나 가망이 없었다. 그는 도저히 돌벽을 넘어갈 수 있는 몸 상태가 아니었다.

바다는 늘 예측 가능한 곳이 아니다. 그것은 내가 어려서 가장 처음 배운 바다에 관한 교훈이었다.

물에서 절대 한시도 눈을 떼어선 안 돼.

물살은 워낙 시시각각 변하기 때문에, 눈 깜짝할 사이에 몰려와 한순간에 너를 덮칠 수도 있거든.

이에 대한 테스 언니의 해석은 조금 달랐다.

그 내용이 훨씬 더 무시무시하기는 했지만, 그래도 나는 그 설이 더욱 마음에 끌렸다.

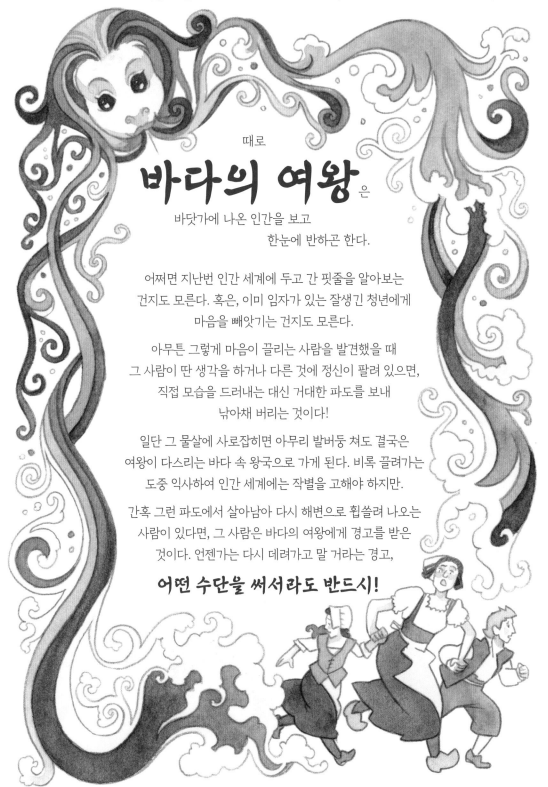

때로

바다의 여왕은

바닷가에 나온 인간을 보고
한눈에 반하곤 한다.

어쩌면 지난번 인간 세계에 두고 간 핏줄을 알아보는
건지도 모른다. 혹은, 이미 임자가 있는 잘생긴 청년에게
마음을 빼앗기는 건지도 모른다.

아무튼 그렇게 마음이 끌리는 사람을 발견했을 때
그 사람이 딴 생각을 하거나 다른 것에 정신이 팔려 있으면,
직접 모습을 드러내는 대신 거대한 파도를 보내
낚아채 버리는 것이다!

일단 그 물살에 사로잡히면 아무리 발버둥 쳐도 결국은
여왕이 다스리는 바다 속 왕국으로 가게 된다. 비록 끌려가는
도중 익사하여 인간 세계에는 작별을 고해야 하지만.

간혹 그런 파도에서 살아남아 다시 해변으로 휩쓸려 나오는
사람이 있다면, 그 사람은 바다의 여왕에게 경고를 받은
것이다. 언젠가는 다시 데려가고 말 거라는 경고,

어떤 수단을 써서라도 반드시!

난 그때까지 한 번도 그런 경고를 받아 본 적이
없었다. 그럼에도 난 내가 계속 신경 쓰고 있다는
사실을 바다의 여왕에게 알리기 위해 수시로 물을
살피며 경계를 늦추지 않았다.

그러니 내가 갑자기
그 거대한 물결에
휘말렸을 때 얼마나
놀랐을지 상상해 보라.

돌벽.

우리가 돌벽을
넘어왔어.

아저씨!

끄응…

다행히
무사했다!

그날 층층다리를 올랐던 일은 내 평생 겪은 가장 힘든 일 중 하나였다.

하늘에선 차가운 빗물이 하염없이 쏟아져 내렸다. 사실, 처음엔 그 비가 반가웠다. 펄펄 끓던 프랜시스 아저씨의 몸을 어느 정도 식혀 주었고, 또 아저씨를 부축해 힘들게 계단을 오르다 보면 아무리 젖은 옷을 입고 있었어도 결국은 땀범벅이 되었을 테니 말이다.

그러나 머지않아 그 빗물은 우리 몸에 남아 있던 온기를 모조리 앗아 가 버렸다.

프랜시스 아저씨는 몸을 덜덜 떨기 시작했다.

어떻게든 계단 위로만 올라갈 수 있다면 아저씨를 가축 헛간으로 데려가서
따뜻하고 보송한 건초에 뉘인 다음 엘리노어 언니를 찾아가
결정을 맡길 생각이었다.

그래서 우리는 계단을 올랐다.

그리고 또 올랐다.

층층다리에는 총 오백

팔십칠 개의

계단이 있다.

언젠가 한번
윌리엄과 함께 개수를
세어 봐서 안다.

나는 아직도 가끔 그 계단을
오르는 꿈을 꾼다.

들어오세요.

괜찮아질 수 있을까요?

그러길 바라야지. 기도를 드리자꾸나.

마거릿, 너는 더 일찍 나를 찾아왔어야 했어.

이런 식으로 엘리노어 아가씨 일을 도와주려다가 하마터면 네가 큰일 날 뻔했잖니.

엘리노어 아가씨를 도와주려고 한 일이 아니에요. 전 엘리시아 성녀의 뜻을 따랐을 뿐이에요. 곤경에 처한 사람이 있으면 그 이유를 불문하고 도와주는 게 우리의 임무잖아요.

그게 누구든 우선 구해 줘야 하는 거잖아요.

그래. 네 말이 맞구나.

아그네스 수녀님은 조용히 이디스 수녀님과 환자를 실어 나를 들것을
가지러 가셨다. 나는 프랜시스 아저씨의 손을 꼭 잡고 층층다리에 앉아 기다렸다.
그가 내 손을 느낄 수 있는지는 알 수가 없었지만.

비는 그쳤지만 날이 점점 어두워지고 있었다. 바람이 층층다리 사이를 휘몰아치고
올라가며 이상한 소리를 냈다.

조금 애를 먹긴 했지만, 우리는 어두워지기 전에 무사히 환자를 양호실에
뉘일 수 있었다. 이 일에 대해 그 누구도 메리 클레멘스 수녀님에게는
입도 뻥긋하지 않았다.

그리고 또 엘리노어 언니에게도.

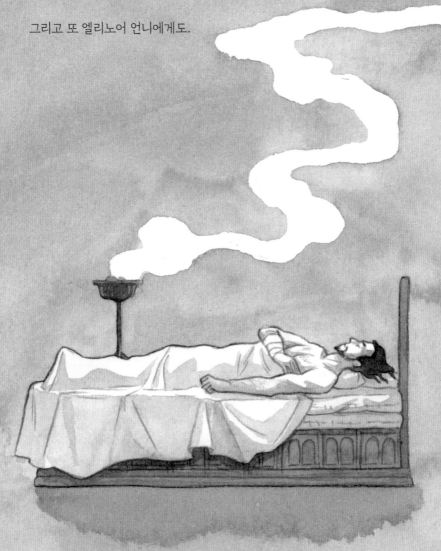

다음 날 아침,
나는 온몸이 쑤시고 아팠다.

그 다음 날도.

또, 그 다음 날도.

이디스 수녀님과 아그네스 수녀님 두 분이서 양호실 안에서 환자를 따로 '격리 간호'하셨기 때문에 나는 그 후로 새 소식을 들을 수 없었다. 엘리노어 언니도 나를 찾아오지 않았다.

양호실 손님은… 상태가 어때요?

너는 걱정 안 해도 돼, 마거릿.

요 며칠 엘리노어 아가씨 보신 적 있어요?

응. 평상시랑 다를 거 없던데. 자, 어서 다시 누우렴. 내가 이 장 나머지 끝부분을 읽어 줄게.

건강이 충분히 회복된 나는 비로소 내 침실에서 벗어나, 부엌에서 아침을 먹을 수 있었다. 아침을 먹으며 테스 언니는 이디스 수녀님이 양호실 폐쇄 조치를 해제했다는 소식을 전해 주었다. 나는 내가 직접 양호실에 깨끗한 침대보를 가져다주겠다고 자원했다.

안녕, 마거릿.

네 상태가 많이 호전되어 다행이구나.

이분은 항해 중에 안타깝게 풍랑을 만나 우리 섬에 오게 되신 토머스 경이셔. 마침, 항해를 떠나시기 전 알비온의 최근 소식을 우리에게 전해 주고 계셨단다.

그렇다면 에이든 경의 반역죄 판결은 어떻게 나왔는지요?

유죄입니다, 수녀님. 제가 항해를 떠나기 바로 직전에 형이 거행되었습니다.

아울러 여왕 폐하에 대한 충심이 의심되는 열댓 명의 다른 죄인들도 함께 처형되었습니다.

앗!

토머스 경이 휴식을 취할 수 있도록 우리는 나갑시다. 폐가 아직 많이 약한 상태예요.

토머스 경, 하루 속히 회복하여 이 비좁고 외풍 심한 양호실에서 벗어나게 되시면,

캐서린 여왕 폐하 치하의 영광스러운 첫 해가 어떠했는지 저희에게 더욱 상세히 말씀해 주십시오.

이제 가시죠.

엘리노어 언니는 왜 그토록 차갑게 그를 지나쳤을까? 최근에는 날 불러오라 한 적이 없어서 나는 직접 물어볼 기회가 없었다. 프랜시스 아저씨와도 단둘이 이야기를 나눠보고 싶었지만, 매번 내가 틈을 내서 찾아갈 때마다 주위는 늘 이미 다른 사람들로 북적였다.

어떻게든 핑계 거리를 만들어 새 환자의 얼굴을 보러오는 수녀원 식구들로.

그러나 다행히 비가 그치며 호기심 어린
수녀님들의 방문도 잠잠해졌다.

왔구나, 마거릿.

침대보를 갈려고 하는데
그동안 네가 토머스 경을
모시고 나가 바람 좀 쐬고
오면 어떻겠니?

이제야 고맙다는
말을 전할 기회가 왔구나.
마거릿 양은
내 생명의 은인이야.

엘리시아 성단에 놓인
초에 불을 붙여 주세요.
아저씨를 구한 사람은
엘리시아 성녀세요.

그렇게
할게.

정말로 엘리노어
아가씨를 구하러
오신 거예요?

흐음.

281

왜 그러세요? 흥통이 있으세요? 이제 그만 돌아갈까요?

아냐, 아냐.

단지 알비온과 남 에코시아, 북 하이버니아, 실버해 전체를 다스리시는 최고 군주이자

나의 주군이신 엘리노어 1세 여왕 폐하께서 단순히…

아가씨라고 불리는 게 영 어색해서 그럴 뿐이야.

아.

사실 어색하다고는 했지만, 지난 한 해 동안 그분이 궁정에서 어떻게 불렸는지를 생각하면 황송할 지경이지.

캐서린 여왕은 그분에 대해 좋게 말하는 것을 죄악시했거든. 어떤 날은 단순히 이름을 입에 올리는 것도 범죄가 됐지.

그런데 여기는 어떻게 알아내셨어요? 비밀인 줄 알았는데요.

그분이 하이윌 감옥에서 나간 뒤로 행적에 대해 이런저런 소문이 무성했단다. 어떤 사람들은 이미 죽었을 거라고도 생각했지.

나는 캐서린 여왕을 섬기는 척하면서 그중 가장 현실성 있는 소문이 무엇일까 나름대로 조사를 해 봤어.

그러다 결국은 세 군데로 좁혀졌는데 구출할 희망이 있는 곳은 이곳이 유일했단다.

비록 그마저도 실패하고 말았지만.

엘리노어 언니는 어떻게 이런 사람을 보고 배신자라고 부를 수 있는 걸까.

그래도 다행이지요. 하마터면 목숨을 잃을 뻔 하셨으니. 적어도 이제는 엘리노어 아가씨와 재회할 수 있게 되셨잖아요.

그러나 단 둘이 볼 기회가 없으니, 원. 게다가 메리 클레멘스 수녀님이 내 정체를 알면 당장 나를 바다에 던져 버리려 하실걸.

혹시 전할 말이 있으시면 제가 전해 드릴게요.

아니, 마거릿 양.

그건 너무 위험해.

넌 이미 나를 위해 너무 많은 위험을 감수했어.

제가
엘리노어 아가씨하고
이야기해 볼게요. 그리고
아저씨에게 전할 말이
있다고 하시면 전해
드릴게요.

아저씨는 그분이
결정하는 일이면 무조건
복종해야 하지요?

…

후유… 그래.
그래야겠지.

전할 말은 없어.

뭐라고요? 왜요?
아가씨를 구하겠다고
목숨까지 걸고 온
사람이잖아요!

그의 행동이 왜
배신행위가 되냐고
예전에 물었지?

그자는 지금 알비온
궁정에서 내 사람이라고
믿을 수 있는 유일한
사람이었어. 그런데 그가
그 자리를 스스로 박차고
나온 거지.

그럼으로써 나나
알비온에 하등
쓸모없는 사람이
된 거야.

이제 그가 해 줄 수 있는
최선은 지금처럼 계속 나를
모르는 척하고 지내다가 가짜
신분을 유지한 채 다음번 배를
타고 대륙으로 떠나는 거야.

그렇지만 그분이
왜 굳이 궁정을
떠나야 했는지
이유도 모르잖아요.

그럴 만한 이유가
있었을 수도 있잖아요!
이 나라에 지금 당장
아가씨가 필요한 거라면
어떻게 해요?

캐서린이 알비온 전체를
불태워 버렸다 해도 내가
지금 당장 할 수 있는 일은
아무 것도 없어.

그자가 그렇게
못 박은 거지.

나는 그 말을 그대로 받아들일 수 없었다.

상냥하고 과묵하고 용감한 프랜시스 아저씨 같은 사람이 자신의 목숨을 걸면서까지 구출하려 한 여왕은 엘리노어 언니였다(가끔씩 엄청나게 못되고 괴팍하고 이상한데도 말이다). 그런 사람이 엘리노어 언니가 여왕이길 바란다면 필시 알비온에 있는 많은 사람들도 같은 생각을 할 것이다.

메리 클레멘스 수녀님은 모든 면에서 프랜시스 아저씨와 정반대였다. 캐서린 여왕이 수많은 자기 백성을 처형하고 투옥시켰다는 말을 들었을 때, 메리 클레멘스 수녀님은 그게 무척 자랑스러운 일인 양 흡족한 표정을 지었다.

만일 내가 엘리노어라는 사람을 모른다고 가정하고, 단순하게 프랜시스 아저씨가 택한 여왕과 메리 클레멘스 수녀님이 택한 여왕 중 하나를 고른다면 누구를 고를 것인가?

그 문제에 대한 답은 너무도 명료했다.

그러나 엘리노어 언니가 끝까지 (아직 희망이 남아 있음을 설득시킬 수 있는 유일한 사람인) 프랜시스 아저씨를 만나지 않겠다고 고집을 부리면, 더 훌륭한 여왕을 고를 기회가 아예 생기지도 않을 것이다. 우리에게도, 알비온 왕국에게도.

그 순간, 엘리시아 성녀가 다시금 구원의 손길을 내밀었다.

엘리시아 성녀의 성물을 본 적이 있으세요?

성단에 있거든요. 그게 도움이 될지 몰라요. 가서 엘리시아 성녀께 여쭤보면 어때요? 올드 케이트가 이 나라를 다스리는 게 과연 더 잘된 일인지 아닌지. 그곳에 단지 기도를 드리러 간다고 하면 메리 클레멘스 수녀님은 따라오려 하지 않으실 거예요. 경비병도 문 바깥에서 기다려야 할 거고요. 제가 저녁 기도 후에 같이 가 드릴게요.

뭐 나쁠 것은 없겠군.

세상에는 물론 엘리시아 성녀 외에도 수많은 다른 성인들이 있다.

대부분의 성인들도 한 때는 우리처럼 두 발로 걸어 다니고 아침밥을 먹고 신발을 한 쪽씩 차례로 신던 보통 사람들이었다. 그러나 생전에 몹시 훌륭한 일을 하여, 죽은 뒤 천국에 가는 것에 그치지 않고 현세와 천국을 잇는 전령이 된 것이다!

모든 성인이 엘리시아 성녀처럼 기적이나 선행을 통해 성인이 되는 건 아니다. 자신의 믿음을 지키기 위해 용감한 죽음을 택한 사람도 성인이 될 수 있다.

이러한 성인을 순교자라고 부른다.

순교자들은 온갖 처참한 방법으로 죽임을 당한다. 보통 사람이라면 아무리 끔찍한 일을 당한다 해도 사자한테 산채로 잡아먹히는 것을 상상하지는 않을 것이다. 바로 레오니시우스 성인이 그랬던 것처럼.

혹시라도 우리가 사자에게 잡아먹힐 상황에 처하면, 그때는 레오니시우스 성인이 우리를 이해해 줄 것이다.

진정 그렇소!

성인이 된 사람은 천국에 앉아 세상 사람들의 기도를 듣고 도와주려고 노력한다. 따라서 우리는 살아생전에 자신과 비슷한 문제를 겪은 성인을 향해 기도하면 된다. 혹은, 병자를 고치거나 바다에서 풍랑을 무사히 헤쳐 나오는 것처럼, 우리가 일어나기를 간절히 바라는 기적을 생전에 행한 성인을 향해 기도하는 것도 좋다.

성인에게 기도를 드리거나 영광을 돌리는 행동을 경배라고 한다. 특정 성인에게 뜻깊었던 장소를 찾아가 기도를 드리는 것도 한 방법이다. 어떤 사람들은 그렇게 하면 성인이 우리의 기도를 더욱 잘 들어주신다고 믿는다.

그 밖에 성인과 우리 사이를 더욱 가깝게 해 주는 것으로 성물이라는 것이 있다. 성물은 성인들이 소지했던 물건이나 그들의 손길이 닿은 물체, 심지어는 신체의 일부분이 될 수도 있다!

우리 수녀원 같이 작고 외딴 곳에 성물이 있을 거라 예상하는 사람은 많지 않을 것이다.
그렇지만 있다! 우리한테 있는 성물은 바로…

엘리시아 성녀의 물고기 머리!

엘리시아 성녀가 바다 한가운데 빠졌을 때 구조하러 온 물고기 중 한 마리의 머리예요.

이런 변변찮은 수녀원에 어떻게 그런 귀한 물건이 있지?

엘리시아 성녀를 구한 건 한 떼의 많은 물고기였으니까요.

어떤 엘리시아회 수녀원에는 물고기 한 마리가 통째로 있지만, 작은 물고기 뼈 하나밖에 없는 곳도 있지요. 그러나 신성한 건 다 똑같잖아요!

확실히 기대되는구나, 그렇다면…

허튼소리.

난 밖으로 나가 성가대 의자에 앉았다.

갑자기 경비병이 들이닥쳐 발각되는 일이 없도록
망을 보기 위해서였다.

그러나 사실 별로 걱정할 필요는 없었다.
헤럴드 아저씨는 바깥에서 곤히 잠들어 있었다.

수녀님들의 다음 기도 일정까지 시간도 아직 꽤 남아 있었다.
예배당 안에서는 밀랍과 먼지와 연기와 오래된 나무 냄새가
났다.

비통한 성자마저 어머니의 품에 안겨 곤히 잠들어
있는 듯 보였다.

나는 한 번이라도 엄마 품에 안겨 잠들어 본 적이 있을까?

마거릿.

이리 오렴. 켄즈 백작이
빠져나가다 들키면 안 되니까
너와 내가 먼저 밖으로
나가는 게 좋겠어.

이 우연한 만남에
대해서는 너에게
감사해야 하는 거
맞지?

저한테
화나셨어요?

그랬으면 좋겠니?

아니요!

앞날의 일을 결정하려면,
켄즈 백작의 신분을 들키지
않고 메리 클레멘스 수녀의
간섭을 피해 의논할 시간이
좀 필요할 것 같구나.

일단 내가 생각한 방법이
하나 있는데, 성사시키려면
네 도움이 중간에 많이
필요할 것 같다.

우리를 속인
벌이라고 생각하렴.

그렇다면 포기하지
않으시는 거예요?
여왕이 되기 위해 다시
노력하실 거예요?

그건
두고 봐서.

두 사람이 함께 보낼 시간을 확보하기 위해
엘리노어 언니가 고안한 방안은 역시나 기발했다.
다음 날 엘리노어 언니는 메리 클레멘스 수녀님에게
이렇게 말했다.

내 신분에 걸맞은 젊은 사람과
교제하던 일이 몹시도 그립소.
늘 경비의 감시 하에서 지내다 보니
갈수록 내 성격도 사나워지는 것 같소.

(말하자면 '엘리노어 언니는 나 같은 애송이 말고,
왕궁 생활에 익숙한 또래 젊은이들과 사귀고 싶다.
그 외에도 경비병들이 요즘 신경에 매우 거슬린다.'
라는 뜻이다)

그러고 나서,

토머스 경은 신중하고 용맹한 사내요. 자네도 그자의 충성심에는 의문을 품을 수는 없을 것이오.

알비온에서 현재 여왕 폐하께서 행하신 업적을 그자가 나에게 상세히 알려 준다면, 나도 그자의 설명에 도덕적으로 감화할 수밖에 없을 것이오.

(말하자면 '토머스 경은 매우 수준 높은 사람이다. 그런 그가 캐서린 여왕의 지지자라고 한다. 그러니 그는 기꺼이 캐서린이 어째서 더 훌륭한 여왕인지에 대해 엘리노어 언니를 설득하려고 애쓸 것이다.'라는 뜻이다)

감금 생활 중에 원기를 유지하려면 치료 효과가 있는 바다 공기를 쐬는 게 유익할 것이오.

(말하자면 '두 사람은 운동도 할 겸 축축하고 차가운 바닷가에서 걸을 것이다. 메리 클레멘스 수녀님은 다리가 안 좋으니 절대 같이 가려고 하지 않을 것이다.'라는 뜻이다)

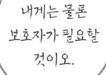

내게는 물론 보호자가 필요할 것이오.

그간 올바른 판단력을 바탕으로 마거릿이 시녀로서의 역할을 충실히 이행해 왔소. 누구도 그 아이의 한결같은 정직함은 의심할 수 없을 거라 믿소.

(말하자면 '내가 두 사람과 함께 다니며 일탈 행동을 하지 않도록 지켜볼 것이다. 나는 메리 클레멘스 수녀님에게 그들의 행동을 있는 그대로 정직하게 보고할 것이다.'라는 뜻이다!)

다시 말해,

내가 거짓말을 해야 한다는 말이었다.

우리 섬의 도서관엔 재미있는 책이 별로 없다.

대부분이 기도 책, 기도에 관한 책, (다른 언어로 기도할 수 있게 가르쳐 주는) 외국어 교본 책이다. 재미있는 이야기가 실린 책은 몇 권 안 된다. 그리고 이야기 속에 절로 빠져들 만한 사랑에 대한 책은 정확히 딱 한 권 있다.

한 기사와 귀족 아가씨에 관한 이야기였다.

서로 사랑에 빠진 두 사람이지만 둘은 한 번도 살이 맞닿아본 적이 없다. 그러니 입맞춤은 말할 것도 없다. 두 사람은 제대로 된 대화도 나누지 못한다. 각자 집에서 따로 정해 준 약혼자가 있기 때문이다.

두 사람이 할 수 있는 최대한의 애정 표현은 귀족 아가씨가 떨어뜨린 스카프를 기사가 주워 돌려주지 않고 간직하는 것이다. 직접 얘기가 된 건 아니지만 기사는 그 아가씨가 일부러 스카프를 떨어뜨렸다는 사실을 안다.

(나라면 만약 누가 내 스카프를 주워 허락도 없이 그냥 가져가면 엄청 짜증날 것 같다. 스카프에 자수를 놓는 일이 얼마나 오래 걸리는 일인데.)

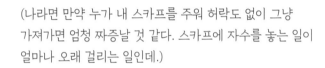

한편, 아가씨는 사랑하는 사람과 맺어질 수 없는 자신의 신세를 비관하다가 병에 걸려 죽을 위기에 처한다. 그녀가 병에서 나을 유일한 희망은 아주 먼 산의 정상에서만 자라는 성스러운 장미꽃 향을 맡는 것이다.

기사는 한겨울의 폭풍을 뚫고 말을 타고 떠나 큰 군대를 무찌르고 뜨거운 불꽃 다리에 발을 데이면서도 성스러운 장미가 있는 곳에 도달한다.

마침내 장미를 손에 들고 돌아온 기사는 다행히 늦지 않게 아가씨에게 장미를 바친다. 아가씨는 장미향을 맡고 병이 말끔히 낫는다. 그러나 심한 부상을 당한 기사는 그만 아가씨의 발치에서 죽고 만다.

그 후 귀족 아가씨는 수녀가 된다.
(처녀가 주인공으로 나오는 책은 거의
늘 결말이 이렇다)

그리고 기사의 영혼이 천국에 갈 수 있도록
기도하며 남은 생을 보낸다.

나는 늘 이 이야기가 바보 같다고 생각했다.

이런 게 사랑이라면, 내가 그런 걱정할 필요가
전혀 없는 수녀원에 사는 게 얼마나 다행인지
모른다고 생각했다.

만약 이 여자 주인공이 애초에 수녀원으로
들어갔더라면 그 기사도 오래오래 살 수
있었을 것 아닌가.

시빌 수녀님은 이 책이 그런 남녀 간의 사랑을 말하는 책이 아니라고 하셨다.

하느님이 원하시는 일이라면 가진 것을 모두 버리고
아무리 끔찍하고 무서운 일도, 설사 죽음이라도,
성인들처럼 담대하게 감수해 내는 하느님을 향한
사랑을 말한다는 것이다.

그래도 난 여전히 그 책이 바보 같다는
생각을 지울 수 없다.

나는 그해 겨울의 많은 시간을 엘리노어 언니와 프랜시스 아저씨에게서 앞뒤로 한참은 떨어져 보냈다. 때로 악천후로 외출할 수 없는 날이면, 메리 클레멘스 수녀님이 아픈 다리를 위로 하고 침대에 누워 있는 동안 우리는 따뜻한 응접실로 갔다. 그곳에 앉아 엘리노어 언니가 연주하는 류트 소리를 듣거나, 두 사람이 체스를 두는 동안 나는 자수를 놓았다.

날씨가 좋을 때는 우리 세 사람 모두 바닷가로 내려가 걸었다. 두 번은 연못에서 스케이트도 탔다. 프랜시스 아저씨는 실력이 수준급이었지만 엘리노어 언니는 형편없었다. 아저씨는 그렇게 말하지 않았지만.

그러나 적어도 일주일에 두 번씩은 두 사람끼리만 비밀 대화를 나누었다.
그러면 나는 한참 멀리 떨어져서 엿듣는 사람이 없도록 망을 봐야 했다.

…엄청난 위험이 따릅니다.
어쩌면 추기경의 등 뒤에서
움직일지도 모르고… 모든
수도원과 수녀원에 충성의
서약을 요구할… 나머지는
모두 파괴…

…말도 안 돼.
아바마마께서 그런 식으로
무모하게 국가 재산을
낭비하셨을 리 없어.

…홀란드 왕과 조약을… 어쩌면…
캐서린이 왕자와 혼인할 수도…

그러면 보름도 안 되어
알비온이 홀란드 치하에
놓일 거야!

…차라리 항복할까.
패배를 인정하는 것은
부끄럽지만…

지금 가진 것에
만족하고… 인정받지
못한 왕의 서녀로
평범하게 사는 것…

…평생 첩자들로 가득한
집에서 살게 되실 겁니다.
그건 여전히 감옥…

…하지만 적어도 경과
함께할 수 있을 것 아니오.
경도 위험에서 벗어날 수 있고.
왕권을 깨끗이 포기하면
그 대가로 경의 사면도
받아 낼 수 있을 거요.

그건 절대
받아들일 수…

?

나는 한 번도 남자와 여자의 입맞춤을 본 적이 없었다. 사실, 내가 살면서 본 유일한 입맞춤은 예배 시간에 축도의 일부로 앰브로스 신부님이 우리에게 해 주는 것이 다였다. 그러나 그건 지극히 성스러운 거였다.

나는 프랜시스 아저씨가 엘리노어 언니에게 여왕으로서 충성을 바치러 이곳에 왔다고 생각했다. 그런데 어떻게 둘이 입맞춤을 할 수가 있지? 왕권을 포기한다는 말을 엘리노어 언니는 어찌 그리 쉽게 할 수 있지? 난 프랜시스 아저씨가 엘리노어 언니를 다시 여왕의 자리에 앉히겠다는 일념으로 목숨을 걸었다고 생각했는데!

프랜시스 아저씨는 나에게 거짓말을 한 걸까? 실은 그도 그 책 속의 기사처럼 장미를 바치러 온 걸까? 엘리시아 성녀의 성단에서 내가 망을 보고 있었을 때도 두 사람은 입을 맞출까?

그런 신성한 곳에서 입맞춤이라니, 절대 용납할 수 없다. 엘리시아 성녀가 격노하실 일이다!

게다가 그 일이 메리 클레멘스 수녀님에게 발각되면 어떻게 되는 거지?

어떻게 되긴, 두 사람 때문에 나까지 끔찍한 처벌을 받게 되겠지.

그리고 정말 내가 여왕이 되지 못 하리란 법도 없다. 일단은 메리 클레멘스 수녀님한테 가서 프랜시스 아저씨의 정체와 그들이 이제까지 한 행동을 모두 밝히는 거다. 그러면 두 사람은 먼 곳으로 유배를 가게 될 거고(그래도 나는 두 사람이 처형되는 일은 절대 없게 할 거다), 나는 영웅이 되어 알비온으로 돌아갈 것이다. 그 틈을 타 나는 친엄마를 찾는다. 엄마는 나를 만나면 뛸 듯이 기뻐하며 에드먼드 왕과의 혼인을 입증할 징표를 보여 줄 것이다. 그러면 나는 정식 황녀가 되는 거다!

추후 온 나라에 내 정체를 밝히면, 알비온 백성들은 내가 얼마나 훌륭한 여왕이 될지 즉시 알아볼 것이다. 그들은 당장 올드 케이트를 제거할 것이다. 나는 윌리엄을 석방시키고, 이 섬에 사는 수녀님들도 모두 사면시킬 거다. 종국엔 프랜시스 아저씨와 엘리노어 언니도 사면시켜 주겠지만, 그건 두 사람이 먼저 온 백성 앞에서 사죄하고 났을 때의 이야기이다. 사죄하지 않으면 두 사람은 입맞춤 생각이 말끔히 사라질 때까지 영원히 이 섬에서 매일매일 헛간 청소를 하며 살아야 할 것이다!

마거릿 여왕 만세!

메리 클레멘스 수녀님은 내 귀를 질질 잡아끌며 나를 아그네스 수녀님 방 안으로 떠밀어 넣고 높은 등받이 의자에 강압적으로 눌러 앉혔다.

이게 뭔지 아니? 이건 거짓말을 탐지하는 신비한 초다.

초의 몸통은 비통한 성자가 탄생하신 마을 벌집에서 채취한 밀랍으로 만들었고, 심지에는 교황 성하께서 친히 축복을 내리셨지.

이 초의 불꽃에는 매우 특별한 성질이 있단다. 이게 무슨 말인지 알겠지?

일반적인 초가 아니라는 뜻이잖아요.

그래. 이 촛불에는 거짓말쟁이의 살갗만 태우는 신비한 능력이 있어.

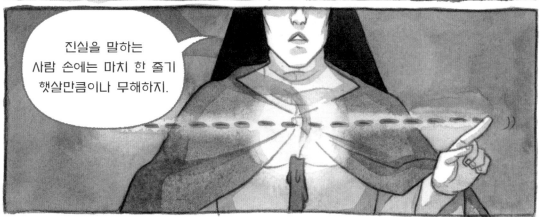

진실을 말하는 사람 손에는 마치 한 줄기 햇살만큼이나 무해하지.

원장 수녀님.

엘리노어 아가씨와 토머스 경 두 분 모두 무사히 각자 방에 돌아와 있습니다.

마거릿이 바위에서 놀다 떨어지고는 그게 창피했는지 달아났다고 하더군요.

부엌에 가 보거라, 마거릿.

모드가 네게 순무를 좀 깎아 달라고 하더구나.

부엌에 도착하자 모드 아주머니는 나를 지하실로 보내 순무를 가져오라고 시키셨다.

?

큭큭!

가 봐야 해. 부엌에서 불을 피우다 왔거든.

조금만 더 같이 있어 주면 내가 대신 해 줄게.

여기는 **수녀원**이라고요!

다음 날, 엘리노어 언니는 사람을 보내 나를 엘리시아 성단으로 불렀다.

프랜시스 아저씨는 함께 있지 않았다. 그날 경비 담당은 피터 아저씨였는데 내가 예배당 안에 들어오는 것을 보고 잔뜩 긴장한 눈치가 역력했다. 분명 지하실에서 몰래 테스 언니를 만나다가 들킨 것을 내가 모드 아주머니한테 이를까 봐 걱정했을 것이다.

적어도 그가 우리를 귀찮게 하는 일은 없을 거란 뜻이었다.

연애랑은 확실히 거리가 멀어.

그렇지만 아저씨가 아가씨를 연모하는 건 맞지 않나요?

프랜시스는 어떤 경우라도 나를 여왕으로 섬길 거야. 그게 한 나라를 다스리는 여왕일지 혹은 그의 마음만을 다스리는 여왕일지,

그건 내가 선택해야 하겠지. 물론 두 가지 선택지 모두, 메리 클레멘스가 기를 쓰고 막으려 하겠지만.

그때 나도 모르게 질문이 튀어나왔다.

아저씨를 사랑하나요?

왕족에게는 그런 류의
감정이 허용되지 않아.

우리의 혼인에 의해
나라 전체의 운명이
좌지우지되니까.

우리는 우리 자신이
아니라 나라를 먼저
생각해야 해.

나는 에드워드 왕과 우리 엄마를 떠올렸다.
언니도 필시 그들에 대해 생각해
왔을 것이다. 그는 왕이었지만
누군가를 사랑하고 자신을 위해
결혼했다.

그러나 그들의 관계는 철저한
비밀에 부쳐졌다. 아마도 이러한
이유였을 것이다.

따라서 내게 연애는…,
수녀원에 있는
수녀님들만큼이나
먼 나라의 이야기야.

어쩌면 난 늘
프랜시스를 사랑해
왔지만 그 사실을 이제야
깨달았는지도 몰라.

아니면, 내 감정이
전혀 사랑이
아닐 수도 있어…

단지 그가 나를 사랑할
가치가 있는 대상으로 봐
주는 게 고마운 걸지도.

전 이해가
안 돼요.

마거릿, 전에 네가
네 친구 일을 두고 나와
싸웠을 때,

나는 아마
그 친구에게 질투를
느낀 것 같아.

그렇지만 전
윌리엄과 결혼하고
싶지 않아요.

단지 그가
안전하길, 저와
가까이 지내기만을
바랄 뿐이에요.

갑자기 주위의 모든 것들이 생생히 깨어나는 듯한 느낌이었다. 엘리노어 언니는 이런 식으로 우리가 자매라는, 진짜 친자매라는 사실을 내게 털어놓으려는 것이다! 그리고 탈출을 하든 사면을 받든 자신이 언젠가 이 섬을 떠날 때 나도 함께 가자고 제안하려는 것이다!

예전에는 내가 이 섬을 떠난다는 생각이 순전히 헛된 환상으로만 느껴졌었다. 내가 에드먼드 왕의 딸이라는 사실을 알기 전에는 아예 별 생각도 없었다. 윌리엄이 언젠가 날 캐머런성에 데려가 주겠다고 약속했을 때도 그저 먼 나라의 이야기만 같았다. 바다 밑에 있는 성에 데려가 준다고 했어도 같은 기분이었을 것이다.

그런데 이 순간, 왠지 내 심장이 빠르게 뛰기 시작했다. 무슨 까닭인지 나는 숨을 죽이고 속으로 간절히 바라고 있었다.

나도 함께 데려가 줘요.

그러니까 이제부터는 누가 누구를 사랑하는 것과는 상관없이, 나도 최선을 다해 너를 보호하겠다고 약속할게.

특히나 나를 못살게 굴지 못하면 내 주위 사람들을 괴롭히는 메리 클레멘스 수녀로부터.

난 네게 그만큼, 아니 그보다 훨씬 많은 빚을 졌어.

이제 그만 가 보는 게 좋겠다. 수녀님들이 기도하러 올 시간이야.

엘리노어 언니는 끝내 비밀을 밝히지 않았다.

나는 뭐가 두려운 건지 이해가 가지 않았다. 그 책 속 기사는 애인에게 장미꽃을 꺾어다 주기 위해 온갖 역경을 넘으면서도 결코 두려워하는 법이 없었다.

프랜시스 아저씨는 이미 목숨을 걸고 엘리노어 언니를 찾아왔다.

그런데 더 이상 뭐가 더 두려울 수 있지?

프랜시스 아저씨는 엘리노어 언니가 여왕의 지위를 포기하고 사랑을 선택하면 캐서린이 계속해서 알비온의 통치자로 남게 된다는 사실을 알고 있었다.

그러니 캐서린으로 인해 알비온에 나쁜 일이 발생하면, 사실상 그건 엘리노어 언니를 사랑에 빠지게 만든, 그의 잘못이라고 할 수 있었다.

그래, 그거라면 어느 면에선 두려울 수도 있겠다.

그런데 난 프랜시스 아저씨가 모르는 비밀을 하나 알고 있었다. 엘리노어 언니와 내가 친자매라는 사실. 엘리노어 언니는 내게 그 비밀을 모르게 하려고 하고 있었다. 결국엔 나도 왕좌를 빼앗거나, 캐서린 편에 서서 자신을 대적할 수 있는 존재라고 생각해서일 것이다.

아그네스 수녀님의 말마따나 아이들도 때로는 위험한 존재가 될 수 있는 거니까. 나를 포함한 사람들 모두가 나를 평범한 고아라고 믿고 있는 한, 나는 엘리노어 언니의 계획에 절대 걸림돌이 될 수 없을 테니까.

그런데 만에 하나, 언니가 나를 자신의 편이라고 여겨 내게 진실을 알려 준다면? 그리고 나를 알비온으로 데려간다면? 에드먼드 왕은 조안 왕비와 이사벨 왕비가 둘 다 죽은 뒤에 우리 엄마와 결혼했다. 아그네스 수녀님이 그 편지를 간직하고 있는 한 그 누구도 나를 사생아라 부를 수는 없을 것이다.

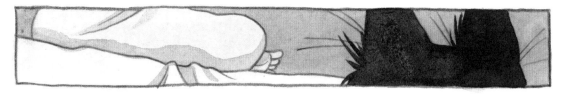

그러나 엘리노어 언니나 캐서린의 경우는 사정이 다르다. 오직 나만이 알비온 모든 백성이 인정할 수 있는 진정한 에드먼드 왕의 딸인 것이다! 만천하가 내 존재를 알게 되면, 캐서린은 패배를 인정할 수밖에 없을 것이다. 그리고 엘리노어 언니는 프랜시스와 결혼할 수 있을 것이다. 그렇게 두 사람 다 왕위 계승권을 포기하면, 그땐 내가 이 나라의 진정한 여왕이 되는 것이다.

왕국을 다스리기 위해 알아야 하는 것들은 전부 언니한테 배우면 된다. 전에 함께 체스 두는 법을 배웠던 것처럼. 다만, 이번에 다른 점은 우리가 같은 편에 서 있다는 사실이다!

그런데 엘리노어 언니가 원하는 건 단지 알비온을 캐서린의 손에서 구하는 일이 아닌 것 같았다. 언니는 자신이 **여왕**이 되어 그 일을 해내고 싶은 것 같았다.

엘리노어 언니는 전에 내게 퀸이 체스 판에서 가장 중요한 말이라고 알려 주었다.

다른 말들은 일찌감치 잡혀도 그렇게 좌절할 필요가 없다. 폰은 여벌이 수두룩하고, 나이트나 루크, 비숍도 하나씩은 더 남아 있으니까.

단, 퀸이 강력한 말인 건 사실이지만 한눈을 팔면 예외 없이 다른 말에게 잡혀 버리고 만다. 게다가 퀸은 단 하나밖에 없어서 퀸을 일찍 잃으면 시합에서 일찍 질 확률이 높아진다.

퀸을 잃을까 봐 두려워 웬만하면 안 쓰고 아끼다가 내가 엘리노어 언니나 프랜시스 아저씨에게 진 적이 얼마나 많은지 모른다. 그들이 나를 이길 수 있었던 건, 신중하게 행동했기 때문이 아니라 오히려 무모하게 행동했기 때문이었다!

한편, 체스에는 매우 특이한 법칙이 한 가지 있다.

폰이 중간에 잡히지 않고 체스 판 반대편 끝까지 무사히 닿을 수 있다면…

그 폰이 새로운 퀸으로
변신하는 것이다.

퀸이 두 개가 되면, 퀸이 하나밖에 없는 상대방을
훨씬 쉽게 이길 수 있다.

어떻게 해야 내가, 엘리노어 언니를 설득해
우리가 한편이라는 사실을 확신시킬 수 있을까.

내가 할 수 있는 건
엘리시아 성녀에게
기도하며 지혜를
구하는 것뿐이었다.

그건 우리 엄마 친정 가문의 좌우명이야.

너도 알겠지만 그분은 갈리아인의 피를 물려받으셨거든. 궁정 안에서 그토록 배척당한 것도 그 때문이었지.

그러면서도 엄마는 모든 소유물에 그 말을 새겨 넣었어. 그건 내가 하이월에서 만든 건데,

무슨 뜻인지는 아니?

"나는 내가 누군지 알고 있다."

맞아. 그리고 넌 이 섬에서 가장 구제 불능이야.

그 늙은 폭군 고양이를 길들일 생각을 하다니.

그 순간, 내 눈에 작은 기적이 보인 것 같았다. 자수 속 물고기 한 마리가 마치 나를 구해 주러 온 것처럼 꼬리를 퍼덕인 것이다.

아뇨. 전 제가 정말로 누군지 알아요.

전 당신의 동생이에요

그런 건 전부 배울 수 있어요. 언니가 그랬듯이 저도 배우면 되잖아요. 우리 둘은 그렇게 다르지 않아요.

지금까지 우리가 친자매라는 사실을 숨긴 건 알비온 백성들이 언니의 여왕 자격에 더더욱 의심을 품을까 봐 그런 것 아닌가요?

…난 이미 어머니와 아버지를 잃었어.

알비온도 잃고 백성들의 사랑도 잃어버렸지. 그건 다 내 쓸데없는 자존심과 경솔함 때문이었어.

또, 하마터면 프랜시스조차 잃을 뻔, 아니 여전히 잃을지 몰라.

난 나를 진정으로 사랑해 준 세상 모든 사람을 잃었단다, 마거릿.

아직 너만은… 예외일 수도.

…너만이라도 나를 사랑해 줄 수 있겠니? 네가 윌리엄을 생각하는 것처럼. 내게 그럴 자격이 없다는 건 잘 알아!

아, 네… 그… 그럴게요!

그렇다면 우리가 자매라는 사실을 잊어 다오.

아그네스 수녀님한테 말씀드려서 네 정체가 적힌 편지를 태워 달라고 부탁드리렴. 그리고 이곳에 계속 남아 줘.

언젠가 안전한 때가 오면… 그때 내가 사람을 보낼게.

마거릿, 약속해 주렴.

엘리시아 성녀의 이름을 걸고 맹세해 줘.

쨍그랑

쨍그랑

해상에서 배가 목격되었습니다.

본토에서 레지나 마리스호가 오고 있어요. 몇 시간 후면 이곳에 도착할 겁니다.

그건 레지나 마리스호의 일정이 거의 6주나 앞당겨졌다는 말이었다.

보통은 부활 대축일을 지내고 난 뒤에야 오기 때문이다.

대축일에 앞서 40일간은 수녀원 전체가 아주 고요하고 검소해지는 시기이다.

그 기간 동안은 섬에 있는 어느 누구도 기름진 음식을 먹거나 오락을 즐기거나 성가 이외에는 아무 음악도 연주할 수 없다.

어른들의 경우는 며칠간 단식도 한다. 즉, 하루 종일 거의 아무것도 먹지 않는다는 뜻이다.

나도 예전에는 단식에 참여하고 싶었다.

혼자만 밥을 먹고 있으면, 다른 사람들은 모두 어른스럽고 경건한데 나만 철없는 어린애가 된 것처럼 느껴졌기 때문이다. 윌리엄도 그랬다.

그 밋밋한 날들이 지나면 부활 대축일이 찾아오고, 그와 동시에 저녁 식탁엔 다시 풍성하고 맛있는 음식들이 올라온다. 레지나 마리스호가 곧 반년치의 새 식량을 싣고 들어오기 때문에 위니프리드 수녀님과 모드 아주머니는 걱정 없이 맘껏 창고 속 식량을 비워도 되는 것이다.

그런데 이번에 배가 일찍 들어온다는 말은, 그만큼 사전에 급하게 준비해야 할 것이 많다는 뜻이었다.

섬 전체가 갑자기 들썩거렸다. 테스 언니와 베스 언니는 서둘러 손님용 숙소로 가서 말리 선장님이 묵을 처소를 정리했고 선원들에게 나눠 줄 식사를 준비했다.

죄송합니다만, 수녀님…
방금 모든 편지를
읽겠다고 하셨습니까?

엘리노어 아가씨가
이곳에 있다는 정보가
밖으로 흘러나갈 위험이
있지 않소.

보시다시피
편지의 양이 매우
많습니다.

제가 미리
사전에 봐서 아는데
결단코 염려하실 만한
내용은 없습니다.

내 눈으로 직접
확인할 것이오.

양이 너무 많아
시간 내에 못 읽는 건
그냥 안 보내면
되는 거요.

시빌 수녀님
남동생이 현재
감옥에서 매우
위독한 상태라고
합니다.

이번 편지가 마지막
편지일지 모르니,
부디 그거라도 먼저
읽어 주십시오.

머지않아 레지나 마리스호가 만에 모습을 드러냈고, 수녀원 식구 모두가 섬에 들어오는 롱보트를 부두로 마중 나갈 시간이 되었다. 나는 프랜시스 아저씨를 불러오라는 심부름을 받고 나서야 때 이른 배의 도착이 의미하는 최악의 소식이 무엇인지를 깨닫게 되었다.

내가 예상보다 일찍 섬을 떠나겠구나.

아직 배를 탈 정도로 몸이 회복되지 않았다고 말하고 가을까지 여기에 계시면 안 돼요?

내가 진짜 토머스 경이라면 하루라도 빨리 궁정으로 돌아가고 싶어 안달하지 않겠니? 메리 클레멘스 수녀님의 의혹을 피할 수 없을 거야.

이대로 알비온에 돌아가면 신변이 위험할 수도 있잖아요. 그렇지 않나요? 누군가라도 알아봤다간 바로 하이월 감옥에 보내질지도 모르고… 아니면 더 끔찍한 일도….

난 계속 토머스로 지내다가 도착해서 안전하다는 확신이 들면 그때 프랜시스 패짓으로 돌아갈 거야. 아직은 친구들 몇몇이 남아 있으니 그들의 도움을 받아 해외로 나가야지.

그럼 외국에 있는 사람들을 설득해서 이곳에 다시 배를 보내도록 해 볼게.

만약 엘리노어 아가씨가 두 분의 사면을
받아 결혼할 수 있는 상황이 되면요?
소식을 들을 수 있어야만 알비온에
돌아올 수 있잖아요?

캐서린 여왕의
손길은 미치지 않지만,
엘리노어 폐하의 소식만은
늘 들을 수 있는 곳에
있을게.

왜 그러니,
꼬마 제비 아가씨?

보고 싶을 거예요.

그건 내 진심이었다.
비록 그동안의 거짓말과
입맞춤 소동은 별로
그립지 않았지만.

나도 네가 보고 싶을
거야. 네 작은 낙원에
소란을 일으킨 것 같아
미안하구나.

이곳은
낙원이 아니에요.
일개 섬일
뿐이에요.

레지나 마리스호가 외부인을 두 명 넘게 데려오는 건 전에 한 번도 없었던 일이었다.

반년 동안 한 사람을 추가로 먹여 살리는 것도 버듯한데, 아무 예고 없이 새로운 사람이 여섯 명씩이나 들어오다니. 추가 보급품은 하나 없이…

새로 들어온 여자들은 대체 누구냐고? 물론, 죄수들이다.

일부는 캐머런 부인과 다른 수녀님들 경우처럼 여왕의 눈 밖에 난 귀족 가문의 여자들이었다.
근래 들어 캐서린 여왕은 새로운 적들을 적잖이 찾아낸 모양이었다. 그런데 이번에 특이한 점은
수녀님들도 무리에 섞여 있다는 점이었다.

하지만 수녀원을 찾아와 보호를 청하는 사람은 누구든 상관없이 도와줘야 하는 거 아닌가요?

반역은 범죄다. 떠돌이 한두 명쯤 돌려보내는 것보다 그게 훨씬 더 심각한 범죄야.

마땅히 대문을 걸어 잠그거나 범죄자들을 왕실 경비대로 넘겼어야 옳지.

많은 형제자매님들이 감옥에 보내져 재판을 기다리고 있다고 합니다. 오늘 여기 도착한 수녀님들도 그 일부고요.

폐쇄된 수녀원과 수도원은 왕실 경위대의 막사로 쓰이게 되었다고 합니다

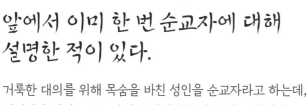

앞에서 이미 한 번 순교자에 대해 설명한 적이 있다.

거룩한 대의를 위해 목숨을 바친 성인을 순교자라고 하는데, 엘리시아 성녀는 순교자에 속하지 않는다는 것도 말했다. 그것은 성녀가 죽는 것을 아무도 보지 못했기 때문이다!

안개가 자욱한 어느 날, 엘리시아 성녀는 고기잡이 배 (우리 수녀원에서 쓰는 것과 같은 코러클)를 타고 바다에서 생계를 꾸리는 어부들을 찾아 나섰다.

마지막 어부와 대화를 나눈 뒤 성녀는 노를 저어 가기 시작했다. 그러나 어부의 예상과는 달리 성녀는 육지를 향해 가지 않았다. 대신 바다 한가운데로 노를 저었다. 어부가 어디를 가냐고 소리쳐 묻자 성녀가 답했다.

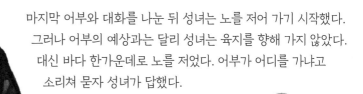

어부들을 전부 방문했으니, 이제는 물고기들을 찾아가 볼 차례입니다.

일부 설에 의하면, 엘리시아 성녀가 물고기로 변해 물속으로 헤엄쳐 사라졌다고 한다. 그러나 그건 내가 생각해도 좀 터무니없는 이야기이다.

다른 설에 의하면, 엘리시아 성녀가 안개 속으로 사라진 뒤 자취를 감추었는데 그 뒤로는 아무도 그 모습을 본 적이 없다고 한다.

그로부터 한 엘리시아회 수녀가 홀연히 코러클을 타고 나타나 경고를 주고 사라진 덕분에, 물에 빠져 익사할 위기를 넘겼다거나, 암초에 부딪힐 뻔한 일을 가까스로 모면했다거나, 해적들한테 잡힐 뻔한 것을 피했다는 사람들의 경험담이 조금씩 퍼지기 시작했다.

나는 이 설이 더욱 마음에 든다.

도주한 반역자

메리 클레멘스 수녀님이 받은 서신에는 프랜시스 아저씨의 초상화뿐 아니라
그에 대한 상세한 묘사, 그리고 그가 저지른(아니, 그가 저질렀다고 캐서린 여왕이
주장하는) 범죄 항목까지 줄줄이 적혀 있었다. 절도, 첩보, 모반에 반역죄까지!

프랜시스 아저씨는 엘리노어 언니를 무사히 구해 내고 대륙으로 도망치기 전에는
알비온에 있는 그 누구도 자신이 사라졌다는 사실을 눈치채지 못하길 바랐다.
그러나 배가 난파를 당하는 바람에 이곳에 너무 오래 묶여 있게 된 것이 화근이었다.
그동안 궁정 대신들은 그의 행방이 묘연하다는 사실을, 또 그가 엘리노어 언니를
구출할 요량으로 왕실 금고에서 배와 군사를 구입할 자금을 훔쳐 달아났다는 사실을
깨닫게 되었다.

서신은 프랜시스 패짓이 갈리아나 에코시아, 혹은 알비온 어느 곳에서든 신분을
숨긴 채 지내고 있을 수 있다고 경고하고 있었다. 캐서린 여왕에게 충성하는 척하며
궁정에 붙어 있는 동안 폐위된 여왕의 행방을 짐작해 냈을 가능성이 크고, 따라서
이 섬에 들어오려고 시도할 수가 있으니, 만약 그런 일이 생기면 부하를 시켜 즉시
체포해 두었다가 기회가 닿는 대로 빠른 시일 내에 본토로 호송하라는 지시였다.

그 말은 즉, 그가 이곳에 있다는 사실을 아직 밖에선 아무도 모른다는 뜻이었다.
우리를 제외하고는.

그리고 이제는 우리도 반역 죄인이었다.

그러나 메리 클레멘스 수녀님은 아직 이 '우리'에 정확히 누가
포함되는지 모르고 있었다. 우선 엘리노어 언니는 당연히
'토머스 경'의 정체를 알고 있었다. 또, 프랜시스도 자기 정체를
모를 수가 없다.

아마 내가 거기서 깜짝 놀란 척 시치미를 떼고 있었다면
메리 클레멘스 수녀님은 내가 공범이라는 사실을 모르고
그냥 넘어 갔을지도 모른다.

나란 아이를 그저 체리핏 놀이나 좋아하는, 엘리노어 언니와
프랜시스 아저씨가 저만치 떨어져 음모를 꾸미는 동안
홀로 몽상에 잠겨 있기 좋아하는 단순한 꼬마 아이로
여겼을 것이다. 기껏해야 그 끔찍한 거짓말쟁이가 탐지기 초를
가져와 시험하는 정도였을 것이다.

그럼에도, 난 도망쳤다.

저 아이를
잡아, 카펜터!

도와주세요!

작별 인사를 하려고 그렇게 급히 달려오는 거니? 어차피 내일 밀물이 되기 전까지는 출발 못하는 거 알면서.

메리 클레멘스… 아저씨 정체를… 들켰어요.

엘리노어…

방에 있을 거예요. 그런데…

어이!

우리는 단숨에 계단을 올라 손님용
숙소로 갔다. 사실, 엘리노어 언니를
찾는다 해도 어디로 갈지에 대해선
아무 생각이 없었다. 아마 프랜시스
아저씨도 그랬을 것이다.

아무튼 지금 당장 중요한 건 메리
클레멘스 수녀님보다 먼저
엘리노어 언니를 찾는 일이었다.

메리 클레멘스 수녀님은 우리를 각각 다른 방에 가두었다.

엘리노어 언니는 원래 방에.

프랜시스는 경비병들이 취침실로 쓰는
작은 방에.

수도자용 숙사의 내 방과 손님용 숙소에 있는 예비 침실은 오늘 레지나 마리스호로 들어온 새 손님들이
다 차지하고 있어서, 나는 아그네스 수녀님의 방으로 끌려 들어갔다.

메리 클레멘스 수녀님은
말 한 마디 없이 나가며
밖에서 문을 잠갔다.

몇 시간이나 흘렀을까.

예배당의 종은 한 번도 울리지 않았고, 평소 수녀님들이 회랑이나
숙사에서 예배당으로 이동할 때 부르는 성가 소리도 들리지
않았다.

그 방 창문의 유리는 불투명해서 바깥을 제대로 내다볼 수도 없었다.
게다가 방에 있던 쓸 만한 물건도 이미 죄다 밖으로 옮겨졌다.
난롯불조차 꺼진 방 안은 시시각각 어둡고 싸늘하게 변해 갔다.

감옥에서 자란
애들이 기껏해야
거짓말쟁이나 첩자밖에
될 수 없음을 내 진즉
알아봤어야 하는데.

앞으로
어떻게 할
생각이세요?

켄즈 백작은 쇠줄로
묶고 레지나 마리스호에 태워
본토로 보내야지.

캐서린 여왕 폐하께서
이미 재판을 열고
사형 선고를 내리셨으니,

도착하는 당일
틀림없이 형이
집행될 거다.

그리고 엘리노어 아가씨는
이 섬에서 내보내 왕궁 지하 감옥의
독방에 가두는 편이 좋겠다고
여왕 폐하께 말씀드릴 생각이다.

언젠가는 동생에게
인정받는 날이
오기를 바라며
여왕 폐하께서는
엄청난 자비를 베푸셨다.

그런데 엘리노어
본인이 스스로 그
친절을 내팽개쳐
버린 거지.

이제 시간이 조금
더 지나면 엘리노어를
반역죄로 처단한다 해도
여왕 폐하를 비난할 자가
있을 수 없을 거다.

알비온 백성들이 들고
일어나지 않을까요?

누가 그런 소리를 하더냐. 엘리노어? 백성들은 이미 그 애가 한때 여왕이었다는 사실마저 까맣게 잊어버렸어. 앞으로 몇 해만 더 지나면 그 애의 존재마저 깨끗이 잊겠지.

지하 감옥에서 몇 년 지내다 보면 본인 자신부터 스스로를 잊어버릴지도 모르겠구나.

이곳 수녀들과 하인들에 대해선,

전부터 토머스 경의 정체가 켄즈 백작이었다는 사실을 알고 있었는지 확인할 길이 없는 게 사실이다.

그러나 그들이 오늘 너를 돕는다고 어떤 행동을 했는지 카펜터에게 확실히 보고를 받았지.

하인들은 본토로 호송되어 형틀에 묶여 죗값을 치르게 될 거다. 앞으로는 수녀들이 직접 모든 허드렛일을 해야 할 거야

물론, 이곳 수녀들은 다들 원래부터가 죄수였다. 하지만 앞으로 본토에서 보내오는 연간 식량이 절반으로 줄고 가축과 일용품 보급도 끊어지면, 그때는 그런 대담한 행동을 할 생각을 꿈도 못 꾸겠지. 그렇게 한 명씩 영양 결핍으로 죽어가다 보면 이 섬은 바다에 처음 생겼던 때처럼 텅 비게될 거다.

그럼
저는요?

너? 너 같은 애를
왜 내가 신경 쓰겠니,
마거릿?

너는 벼룩이나
다를 것 없는
세상 무력하고 쓸모없는
어린애인걸.

다만 넌 평생
이 작고 우울한 섬에
갇혀서,

네 자신의
멍청함으로 인해
네가 아끼던 사람들이 얼마나
비참한 삶을 살아가는지
두 눈으로 똑똑히 목격하게
될 거다.

전 쓸모없는
애가 아니에요!
무력하지도
않아요!

제 진짜 정체를 아시면 수녀님은 저를 본토로 데려가고 싶어지실 거예요.

캐서린 여왕 앞에 저를 데려가시면 큰 포상을 받게 되실 수도 있어요.

대체 네가 누구기에? 환생한 엘리시아 성녀라도 되는 거냐? 아님 동화 속 공주님?

일단 제가 말씀을 드린 후에, 수녀님도 제가 본토에 데려갈 만한 중요한 사람이라는 것에 동의하시면,

다른 사람들은 일체 처벌하지 않겠다고 약속해 주시겠어요?

까짓것… 그래.

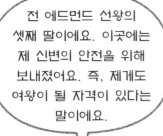

전 에드먼드 선왕의 셋째 딸이에요. 이곳에는 제 신변의 안전을 위해 보내졌어요. 즉, 제게도 여왕이 될 자격이 있다는 말이에요.

아그네스 수녀님이 그 증거를 어딘가에 숨겨 두셨으니 물어보시면 아실 거예요.

원하신다면 그 촛불에도 기꺼이 제 손을 갖다 대겠어요.

저를 데려가셨을 때 캐서린 여왕이 얼마나 흐뭇해하실지 한번 생각해 보세요.

만약 엘리노어 아가씨와 프랜시스 아저씨를 사면해 주고 제게 윌리엄을 만나게 해 주고 이 섬의 사람들을 처벌하지 않는다는 약속만 해 준다면, 전 만백성 앞에서 왕위 계승권을 포기하겠어요.

그러면 전쟁이 일어날 필요도 없고 현재의 왕권은 확고히 유지될 거예요.

캐서린 여왕이 얼마나 훌륭한 통치자인지에 대해서도 사람들에게 증언할게요.

수녀님은 큰 부를 하사받으실 수 있을지 몰라요. 교단의 최고 지위에 오르게 되실 지도 모르고요.

큭.

마거릿?

엘리시아 성녀님…?

소리내어 말해도 괜찮아. 경비병들은 엘리노어 아가씨와 패짓 백작의 방을 지키고 있고,

메리 클레멘스 수녀님은 패짓 백작을 취조하느라 바쁘시거든.

메리 클레멘스 수녀님이 말리 선장님한테 널 감시할 사람을 보내 달라고 했는데,

선장님이 항해 준비로 바빠 일손이 모자란다는 핑계를 대셨어.

그런데 이 방문은 어떻게 여셨어요?

이 섬의 열쇠는 전부 한 쌍씩 있단다, 마거릿. 여기서는 열쇠를 잃어버려도 열쇠공을 부를 수가 없잖니.

메리 클레멘스 수녀님은 내가 가지고 있던 열쇠 꾸러미만 달라고 하셨으니까.

이 열쇠들은 지하 창고에서 순무들 사이에 묻혀 있었지.

메리 클레멘스 수녀님은 이 섬에 있는 사람을 모두 굶겨 죽이실 거래요.

제 정체를 밝히면 그걸 막을 수 있을 줄만 알았어요. 그런데 제 말을 믿지 않으셨어요.

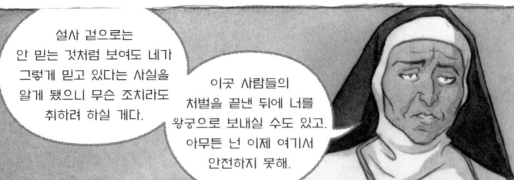

설사 겉으로는 안 믿는 것처럼 보여도 네가 그렇게 믿고 있다는 사실을 알게 됐으니 무슨 조치라도 취하려 하실 게다.

이곳 사람들의 처벌을 끝낸 뒤에 너를 왕궁으로 보내실 수도 있고. 아무튼 넌 이제 여기서 안전하지 못해.

그렇지만 수녀님이 아직 그 증거를 갖고 계시잖아요. 국왕의 편지요. 그게 없으면 메리 클레멘스 수녀님이 아무것도 입증하지 못하시는 거 아닌가요?

그건 나한테 있는 증거 하나일 뿐이야, 또 다른 증거가 알비온 본토에 없으리라는 법은 없지.

캐서린 여왕이 너에 대한 말을 들으면 수소문해서 진상을 밝히려 할 텐데, 찾으려 들면 뭐라도 못 찾을 것 같니?

네가 안전할 수 있었던 건 그 편지 때문이 아니란다, 마거릿.

그건 네가 사람들의 기억에서 지워진 비밀이었기 때문이야.

그럼 우리는 어떻게 해야 하죠?

말리 선장님에게 생각이 있대.

그분에게는 네 비밀을 말하지 않았으니 말조심하렴. 이미 선장님이 제안하신 일만 해도 그분 자신을 엄청난 위험에 빠트리는 일이지만.

들어오세요, 선장님!

마거릿, 내 아들 리처드가 오늘날 이렇게 건강히 살아 있는 건 전부 다 엘리시아 수녀님들과 캐머런 부인 덕분이란다.

그게 아니었다면 지금 이 문 밖에서 망을 봐 줄 수도 없었겠지.

내가 너와 다른 두 분을 레지나 마리스호에 몰래 태워 나갈 수 있을 것 같구나.

무역항에 들러 대륙으로 향하는 배를 탈 수 있게 해 주마.

두 사람은 방에 갇혀 있고 경비병이 감시를 하고 있는데 어떻게 데리고 나가죠?

메리 클레멘스 수녀님한테 들키지 않을까요? 그러다 선장님도 감옥에 가실지 몰라요!

내 자신과 부하들 신변 정도는 내가 돌볼 수 있단다, 마거릿.

두 사람이 있는 방 열쇠는 나한테 있으니까, 적당한 시간만 잘 고르면 돼.

제게 다른 생각이 있어요.

그렇게 하면 우리가 레지나 마리스호에 전혀 타지 않은 것처럼 보일 거예요.

또, 캐서린 여왕의 눈에는 일을 그르친 게 전부 메리 클레멘스 수녀님의 잘못으로 보일 거예요.

그러면 엄청 화가 나서 수녀님이나 선장님이 아닌 메리 클레멘스 수녀님을 감옥에 보낼지 몰라요.

내가 세운 계획이지만 솔직히 별로 자신은 없었다.

하지만 아그네스 수녀님과 말리 선장님의 계획보다는 확실히 나은 계획이었다. 그 계획을 따르면 우리가 떠난 뒤에 섬에 있는 사람들이 더욱더 혹독한 고통에 시달리게 될 테니까. 방에서 기다리는 동안 나는 쉬지 않고 계속해서 엘리시아 성녀와 성모, 비통한 성자, 하느님 그리고 그 중간에 있는 모든 이들에게 간절히 기도했다. 섬의 옛사람들에게도 마음속으로 도움을 구했다. (앞으로 그들의 도움이 필요할 것이므로) 또, 바다의 여왕에게도 우리를 보살펴 달라고 빌었다

제발 계획이
성공하게 해 주세요.

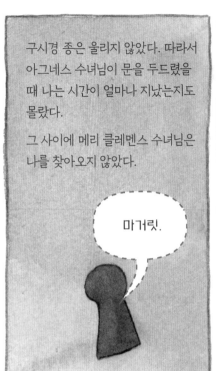

구시경 종은 울리지 않았다. 따라서 아그네스 수녀님이 문을 두드렸을 때 나는 시간이 얼마나 지났는지도 몰랐다.

그 사이에 메리 클레멘스 수녀님은 나를 찾아오지 않았다.

마거릿.

메리 클레멘스 수녀님은요?

내 서재에서 편지를 쓰고 계셔. 두 사람의 방은 카펜터와 야로우가 지키고 있고.

우리는 고요한 숙사를 가로질러 갔다. 수녀님들은 모두 숙사 안에서 한낮의 휴식을 취하고, 아니 취하는 척하고 계셨다.

손님용 숙소로 들어가는 입구에서 테스 언니가 기다리고 있었다.

피터가 네 계획을 듣자마자 바로 찬성했어. 정말 기막힌 계획이야!

거절당하면 어쩌나 하고 걱정했어요.

피이! 미래 신부의 부탁인데 당연히 들어 줘야하고 말고.

우리가 실행에 옮긴 계획

아그네스 수녀님은 테스 언니에게 엘리노어
언니와 프랜시스 아저씨가 갇혀 있는
손님용 숙소의 방 열쇠를 건네주셨다.

테스 언니는 그 열쇠를
빵에 넣고 구워서 피터 아저씨에게
보내는 저녁상에 놓았다.

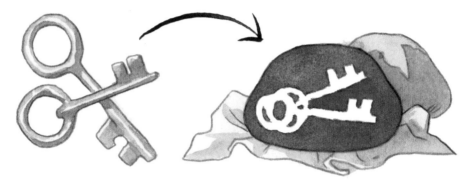

피터 아저씨는 복도 구석에 있는 프랜시스 아저씨 방을 지켰고 헤럴드 아저씨는 반대편에 있는
엘리노어 언니의 방을 지켰는데, 이 방 가까이에 바로 계단과 화장실이 있었다.

헤럴드 아저씨는 한 시간에 한 번씩
자리에서 일어나 화장실도 가고
다리도 펼 겸 아래층으로 내려갔다.

이때 피터 아저씨가 재빨리 열쇠로 방문을 따고 프랜시스 아저씨를 밖으로 불러냈다.

그리고 빈 방을 다시 잠근 뒤 프랜시스 아저씨를 엘리노어 언니의 방에 들여보냈다.

피터 아저씨는 아무 일도 없었다는 듯이 제자리로 돌아갔고,

곧 헤럴드 아저씨는 휴식을 마치고 돌아와 엘리노어 언니의 방문 앞에 앉았다.

겉으로 봤을 때 그 방들은 좀 전과 다를 것 없이 굳게 닫혀 있었다.

그러다 피터 아저씨가 잠든 척을 했다.

드르르르르르렁

피터 아저씨는 갑자기 꿈에서
깬 것처럼 연기하며,

헤럴드 아저씨를
자기 쪽으로 불렀다.

방 안에서
사람들 목소리가
들린 것 같아.

문이 잠겨
있는걸. 안쪽에서
열 수는 없잖아?
자네가 자다가 꿈을
꾼 거겠지.

그렇지만
분명 뭔가 소리가
들렸어!

그렇다고 이 시간에
메리 클레멘스 수녀님을
깨워 열쇠를 달라고
할 건가? 자네가 졸다가
악몽을 꾸었다는
이유로?

그래도
혹시…

두 사람이 말싸움을 벌이는 동안,

아저씨와 언니는 조용히 방문을 열고
나와 문을 걸어 잠근 뒤
계단으로 빠져 나갔다.

마치 동화 속 마법, 아니 하느님의 기적이 일어난 것처럼, 두 사람은 허공으로 사라져 버린 셈이었다. 그 일이 벌어지는 동안 방문 열쇠는 내내 메리 클레멘스 수녀님 허리춤의 열쇠고리에 달려 있었으니까 말이다. 시간상으로도 두 사람이 아무한테도 들키지 않고 방에서 나와 계단을 내려가는 건 불가능해 보였을 것이다.

그다음은 우리가 수녀원을 떠날 차례였다.

코러클은 잘 숨겨 두셨죠?

그럼, 마거릿.

자, 너희가 어디로 가는지 내가 보지 못하게 얼른 움직이렴.

네가 수놓을 때
즐겨 쓰던 물고기 모양이
어디서 온 건지
이제야 알겠다.

이곳에
다시 오는 일은
없을 거라
생각했는데.

내가 살아서 이 동굴을
다시 보게 될 날이 있을까…
나는 생각에 잠겼다.

아니, 이 섬 자체를 다시 보게 될 날이 올까. 예전에는 바깥세상을 보게 되면 얼마나 좋을까 하는 생각으로 설레었다. 하지만 다시는 고향에 돌아올 수 없음을 전제로 하는 경우는 한 번도 생각해 본 적이 없었다.

다음 날 우리 셋은 동굴 안에서 꼬박 하루가 가기를 기다렸다. 머리 위의 바위 틈 사이로 가느다란 햇빛이 어스름히 들어와 맺혔다. 밀물이 들어와 동굴 입구가 바닷물에 막혔을 때는 파도와 파도가 동굴 벽에 부딪쳐 내는 메아리 소리가 너무 커서 아무 말도 나눌 수가 없었다.

여기서 얼마나 기다려야 해?

글쎄요,

우선 메리 클레멘스 수녀님이 우리가 사라진 것을 눈치채셔야 하고요.

그러면 수녀님은 수녀원 전체를
이 잡듯 샅샅이 뒤지시겠죠.

그 다음엔 섬의 구석구석을 전부
수색하실 거고요.

그리고 마지막으로 바닷가에 내려와 코러클이
없어진 걸 발견하실 거예요.

375

그러면 우리가 몰래 레지나 마리스호를 타고
빠져나가려 한다고 믿고 배 안을 수색하실 거예요.

사람을 시켜 돌벽 건너편 이쪽 해변도
살펴보게 하실 수 있지만,

그때는 밤이라 밀물이 들어와 해변은 물론 동굴 입구까지
물에 잠겨 있을 거예요.

아그네스 수녀님이 아침 기도 종을 치시면
그건 메리 클레멘스 수녀님이 수색을 멈추셨다는
신호예요. 그러면 우리는 물이 빠질 때를 기다려
밖으로 나가면 돼요.

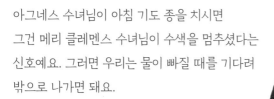

만약 종이 울리지
않으면?

그럴 경우는…
저도 몰라요.

우리는 주위가 캄캄해지고도
한참을 더 기다렸다.

여기서
종소리를
들을 수 있는 건
확실해?

지난번 제가
여기 있었을 때 매번
종소리를 들을 수
있었습니다.

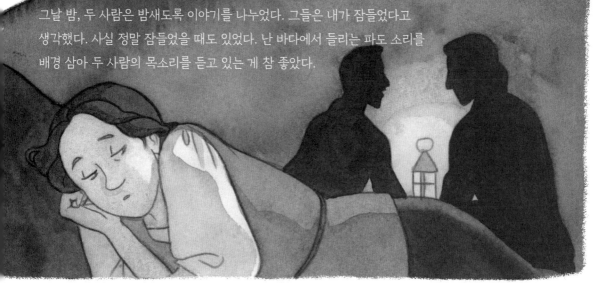

그날 밤, 두 사람은 밤새도록 이야기를 나누었다. 그들은 내가 잠들었다고
생각했다. 사실 정말 잠들었을 때도 있었다. 난 바다에서 들리는 파도 소리를
배경 삼아 두 사람의 목소리를 듣고 있는 게 참 좋았다.

나는 두 사람이 우리 엄마와 아빠라는 상상을 했다. 내가 아직
어린 아기이고, 내가 잠을 자는 동안 옆에서 엄마 아빠가
도란도란 다정하게 이야기를 나누는 상상….

내가 잠에서 깼을 때

엘리노어 언니가
동굴 안에 보이지 않았다.

어디…

잠깐 밖에
나가셨어. 그게…
볼일을 보셔야
해서.

괜찮으니까 눈을 좀 더
붙이렴. 종소리가 들리면
그때 내가 깨워 줄게.

아니에요. 너무
긴장이 돼서.

마거릿, 간밤에
내가 놀라운
이야기를 하나
들었단다.

비록 테스가 좋아하는
그런 동화 속 이야기
같긴 했지만 이번 건
정말 사실이라지.

엘리노어 언니… 정말 그 이야기를 해 줬어요? 그 이야기를 정말 믿으세요?

그분이 하시는 말이라면 당연히 믿어야지.

아저씨는 언니가 여왕이 되길 바란다는 거 알아요.

난 너도 그럴 거라고 생각해, 마거릿.

우리 폐하가 비록… 완벽하지는 않으시지만.

나의 엘리노어 여왕은 아직 나이가 어려서 성급하셔. 단, 늘 현명하시지는 않아도 그 담대함만은 언제나 변함이 없으시지.

나이를 먹으면서 더욱 지혜로워지는 사람은 많지만, 진정한 담대함을 갖춘 사람은 훨씬 찾기가 힘들단다.

지혜로운 지도자라고 해서 백성들까지 지혜롭게 만들지는 못해.

그러나 담대한 지도자는 백성들에게 용기를 불러일으킬 수 있지.

그렇기에 그분은 네게 하늘에 있는 해를 따오라고 명령할 거야. 그러면 넌 그게 불가능한 일이라고 반박하겠지.

그러면 그분은 하늘에 닿는 사다리와 해를 낚을 만한 큰 그물을 네게 건네실 거야.

반면에 저는… 그런 사람이 아니네요. 여왕이 될 만한.

마거릿, 그분이 여왕이 되면 때로는 즐거운 일도 있겠지만,

평생 진정한 행복은 포기해야 할지 몰라.

너에게는 살면서 이미 행복했던 기억이 있지 않니? 나도 그런 것처럼.

언젠간 우리 둘 다 다시 행복할 수 있으면 좋겠다.

물은 얼음처럼 차가웠다.

어둡고 침침한 텅 빈 해변이
우리를 기다리고 있었다.

레지나 마리스호가 아직
만에서 기다리고 있었다.

우리를 두고 가지 않았다.

그리고 아그네스 수녀님이
우리를 기다리고 계셨다.

다들 무사하지요?

이보다 더 좋을 순 없겠지요.

메리 클레멘스 수녀님은 어떠신가요?

처음에는 격분하여 날뛰셨는데 이제는 겁이 나시는 모양이에요.

새벽녘까지 예배당 성단을 뒤지셨어요.

자칫 정신을 잃으시는 건 아닐까 걱정입니다.

무슨 일이 생기든 전부 다 자업자득이지요.

레지나 마리스호 선원들은 모두 승선하여 대기 중입니다. 우리가 일시경 종을 울리면 그때에 맞춰 말리 선장님이 닻을 올리기로 하셨어요.

제가 선장님께 서신을 하나 맡겨 두었습니다. 마거릿이 어느 수도원이나 수녀원 문을 두드리면, 엘리시아 수녀회를 대신해 은신처를 제공해 달라고 당부해 두었어요.

마거릿과 함께 있는 사람은 누구든지 포함해서요.

다른 수녀님들과 부엌 식구들에게 제가 안전하다는 말을 전해 주시겠어요?

아니, 얘야. 네 안전을 위해서는 메리 클레멘스 수녀님만큼이나 우리도 네가 어떻게 되었는지 전혀 모르는 게 좋아.

하지만 나중에 언젠가, 위험에서 벗어나게 되면 꼭 다시 돌아오렴. 그리고 모두에게 네 입으로 직접 모험담을 들려주렴.

수녀님이야 말로 제 진짜 엄마세요.

뭐라고?

겉옷과 그 밖에
무거운 것만요.

여기서부터는 레지나
마리스호까지 헤엄쳐
가야 하거든요.

무거운 옷을
입으면 물에 뜨기가
힘들어요.

그래.
그건 내가
잘 알지.

롱보트를 보내
달라고 신호를
보내면 안 되니?

이 부근까지는 코러클을
타고와도 절벽에 가려
안 보이기에 안전하다.

그러나 여기서부터는 롱보트를 띄우면
메리 클레멘스 수녀님이 섬에서 볼 수 있게 된다.

아무리 시력이 좋아도 물 위에 동동 뜬
세 사람의 머리를 육안으로 알아보기는 힘들다.
뭔가가 보인다고 해도 두 명의 공주와 한 명의
백작이라기보다는, 헤엄치는 물개들로 보일 테니까.

우리는 입었던 옷들 중에서
한 가지씩만 남기고,

나머지는 모두 무거운
돌에 매달았다.

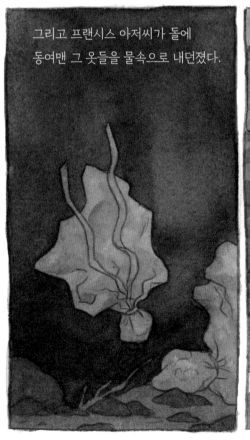

그리고 프랜시스 아저씨가 돌에
동여맨 그 옷들을 물속으로 내던졌다.

이 옷들로는
뭘 하려고, 마거릿?

이것들도 물에
던져 넣을 거예요.

다만 해변으로
씻겨 나갈 수 있게 저쪽
가장자리로 던지는 거지요.

마지막으로는 프랜시스 아저씨가 코러클을
발로 차서 부서뜨린 뒤, 물에 가라앉거나
파도에 부딪혀 부서지도록 물속으로 밀어 넣었다.

나는 수녀님들이 새 코러클을 만드는
일이 너무 힘든 일이지 않기를 바랐다.

우리 옷가지하고 코러클
파편 같은 게 해변에
떠밀려온 것을 보면

다들 우리가 물에
빠져 죽었다고
생각할 텐데.

네, 알아요.

그나저나 난 아직
수영을 잘 못하는데. 물개
한 마리에 줄을 묶어서
가야 하나, 아니면 엘리시아
성녀처럼 물고기 머리를
밟고 걸어가야 하나?

마거릿하고 제가
양쪽에서 잡고
헤엄쳐 가면 됩니다.

저희 목에 양팔을
한쪽씩 감으시면
저희가 모시고
갈게요.

서둘러야 합니다.
다행히 물살이 같은
방향이지만 그래도
멀고 힘든 길이
될 거예요.

아직, 잠깐만요.
먼저 받아 내야 할
약속이 있어요.
제 친언니한테.

그게 뭔데
그러니,
마거릿?

다시 알비온의 여왕이 되면 이 섬의 수녀님들을 모두
사면해 주겠다고 약속해 줘요. 누구든 원한다면 이곳을
떠나 고향으로 돌아갈 수 있게요.

그거야 당연히
약속하지.
자, 어서 가자.

아직 안 끝났어요.

윌리엄과 그 가족도 전부 사면해 줘야 해요.

가족들이 감옥에 들어갈 때 압수된 모든 영토와 집도 돌려주어야 하고요.

지금, 나보고 우리 알비온 왕국을 무너뜨리겠다고 모의한 집안사람을 전부 풀어 주라는 얘기니?

그들이 원한 건 그게 아니었어요. 그들은 자유를 원했을 뿐이에요.

꼭 사면시켜 주셔야 해요. 그들 모두 다.

약속 안 하시면 저는 같이 가지 않겠어요.

영원처럼 느껴졌던 그 순간, 난 내가 크나큰 실수를 저지른 건 아닌가 하고 생각했다. 그 바위섬에 홀로 남아 두 사람이 파도 사이를 헤엄쳐 물속으로 사라져 버리는 광경, 혹은 두 사람만 무사히 배에 타고 영영 사라져 버리는 광경을 보게 되는 건 아닐까.

그러면 나는 어떻게 해야 하지? 물개 가죽을 빌려 셀키가 되어 바다에서 살아야 하나? 그렇게 흰 가죽을 입은 바다의 여왕과 코러클을 탄 엘리시아 성녀를 마주칠 때까지 헤엄치며 떠돌아다녀야 하나? 그들을 만나면 셋이서 함께 실버해를 건너가야지. 바다 건너편에 무엇이 기다리고 있든, 그 평화와 안전을 위해.

이런, 네가 알비온의
여왕이 안 된다는 게
유감인걸.

그렇지만 적어도
훌륭한 공주님은
될 수 있겠어.

사사건건 나를
들볶으며 성가시게
하겠지만.

네 손을
이리 다오.

네가 말한
모든 것을
지키겠다고
약속할게, 마거릿.

너와 프랜시스,
그리고 하늘에 계신 하느님과
엘리시아 성녀, 또 여기 있는 물개,
새, 물고기들, 그 밖에 이 바위섬에
있는 모든 축축하고 꺼림칙한
생물을 증인으로 삼아…

내가 내 입으로
동생에게 한 이 약속을
지키지 않는다면, 이 모든
증인들이 욕조에 나타나
나를 익사시키기를.

물론, 알비온의 진정한 여왕과 그 동반자들에게 그 후로 무슨 일이
일어났는지에 대해 아직 훨씬 더 많은 이야기가 남아 있다.

그러나 일단은…

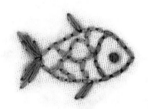

여기까지만.

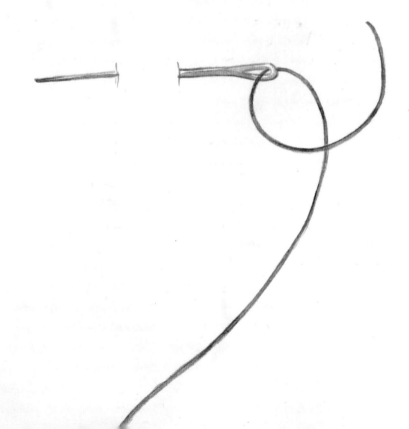

작가의 말

이 책은 역사책이 아니다. 역사를 너무도 좋아하는 내가 역사책을 쓰면 오히려 제대로 쓰지 못할 것임을 잘 안다. 대신 나는 헨리 8세와 그의 딸 메리 1세와 엘리자베스 1세 여왕이 살았던 16세기 영국 제도를 배경 삼아 실제 역사의 일부분만을 임의대로 추렸다. 더불어 이 시대 사람들의 일상생활 단면을 많이 녹여 내려 했다. 그 외의 모든 것은 실제 역사를 각색한 내용이거나 순전히 내 상상의 산물이다.

이 책에서 실제 역사적 인물과 가장 닮은 등장인물은 엘리노어이다. 역사상 가장 유명한 군주의 한 명인 엘리자베스 1세 여왕을 모델로 삼았기 때문이다. 엘리자베스는 어려서 자신이 여왕이 될 거라고 전혀 예상하지 않고 자랐다. 이복 남동생인 에드워드가 있었기 때문이다. 그런데 그는 15세의 나이로 세상을 떠났고, 그로 인해 나라 전체가 위기로 치달았다.

수개월 동안 계속된 혼란에 이어 엘리자베스의 이복 언니인 메리가 왕권을 잡았다. 메리 여왕의 정책은 백성들에게 큰 호응을 얻지 못했고, 그런 와중에 반란이 일어나자 메리는 엘리자베스를 의심했다. 메리는 엘리자베스를 체포하여 런던 탑에 가두었다. 템스강에 있는 그 감옥은 물의를 일으킨 왕족이 투옥되어 사람들의 뇌리에서 서서히 잊혀져 가거나… 혹은 처형되는 장소였다.

호송을 앞두고 엘리자베스는 메리 언니를 향해 간절한 편지를 썼다. 자신의 무고를 주장하며 자비를 구하는 호소문이었다. 그 편지가 메리의 마음을 바꿀 가능성은 사실 거의 없다시피 했지만, 엘리자베스는 최대한 시간을 끌며 천천히 편지를 썼다. 그러다 보면 밀물이 들어와 그날은 배가 런던 교를 건너지 못하리라는 사실을 알았기 때문이다.

오늘날 '밀물 서신(Tide Letter)'으로 알려진 그 편지를 쓸 당시에 엘리자베스의 나이는 고작 20세였다. 그녀는 그 후로도 오래도록 살아남아 수많은 밀물을 보았다. 나는 그 편지를 읽으며, 영광스럽고 당당한 미래의 영국 여왕이 아닌, 실낱같은 희망을 단 하루라도 더 붙잡고 싶어 자신이 생각할 수 있는 수단을 모두 동원하는 겁에 질린 자존심 센 한 소녀의 이야기가 궁금해졌다.

— 딜런 메코니스